Pascal Faivre-Rossi

L'enfant étoilé

« Tu n'es plus là où tu étais
mais tu es partout où je suis. »

Victor Hugo

À mon grand-père.

Nous sommes le 11 juin 1952, il fait très beau sur Paris, le mercure flirte avec les 26 degrés.

Que s'est-il passé cette année 1952 ? À part la naissance de l'enfant étoilé bien sûr.

Ah oui ! On se souviendra de quelques faits comme le décès du roi George VI d'Angleterre en février, laissant son trône à sa fille Élisabeth II.

Antoine Pinay forme son gouvernement le 6 mars et le 16 de ce mois le beau village de Tignes est sacrifié à la demande de la fée électricité. Cette année-là nous avons les naissances de : Jean Roucas, Christophe Malavoy, Jean-Paul Gaultier, Christian Clavier, du chanteur Renaud et sûrement d'autres enfants car il en est né beaucoup, un toutes les deux secondes je crois. Je n'ai jamais eu trop de mémoire pour les noms.

Il y a aussi quelques malheurs comme la construction du rideau de fer par la RDA.

Des prouesses techniques comme le premier vol d'un avion à réaction avec des passagers (le Comet 1) et aussi la super trouvaille du cœur artificiel qui permet à un homme en Pennsylvanie de rallonger sa vie de 80 minutes.

Il y avait un homme Marcel et sa femme Micheline qui étaient nés à un jour d'intervalle de la même année, le 28 et 29 juillet 1928, l'une à Paris dans le quatorzième, l'autre à Montfermeil dans ce « célèbre » département du 93... Ils se marièrent en juillet 1948 à tout juste 20 ans dans la mairie du onzième et se souhaitèrent beaucoup d'enfants comme tous les amoureux de la planète, c'est fou comme l'amour peut déclencher notre « instinct » de reproduction.

Marcel s'était juré de poser ses fesses sur le siège pilote d'un avion peut-être parce que l'un de ses frères avait posé les siennes dans un Halifax du groupe Tunisie en Angleterre durant la dernière guerre ou peut-être tout simplement parce qu'il était né sous le signe le plus royal du zodiac ; le lion.

Donc Marcel et Micheline subissaient en 52 la crise du logement, ils « habitaient » boulevard Victor dans une petite chambre de l'hôtel Aviatic.

Ce jour du onze juin, Micheline vers les 6 heures fit comprendre à Marcel qu'il était temps d'y aller.

À cette époque cela ne l'avait pas trop dérangé car mon père était matinal et surtout ils n'avaient pas de télévision.

Car maintenant lorsque ce genre de situation urgente se profile à l'horizon, c'est souvent pendant un match de foot, de rugby ou un grand prix automobile.

La clinique choisie portait le nom de Cognac Jay rue des mouettes dans le 15e.

Micheline n'étant pas à son premier essai dans le domaine « je donne la vie », il fallait donc faire vite. La précipitation commença à gagner l'esprit de Marcel car à l'époque il n'avait pas de voiture. Qu'à cela ne tienne, la première qui passerait, serait arrêtée. Vu l'heure matinale le « choix » du véhicule fut assez restreint et Micheline dut se contenter d'un camion de livraison.

Au mois de juillet de cette année, mes parents et un couple d'amis avaient loué un petit trois-pièces dans une ferme de la campagne normande. La journée ils participaient aux activités agricoles ce qui leur permettait d'avoir une location à un prix abordable. Ce changement d'environnement les faisait fuir l'exiguïté de leur chambre et le rythme de la vie parisienne. À la fin de leur séjour, pour leurs travaux effectués et leur bonne intégration au pays du cidre et du camembert, ils furent conviés à faire la «tournée des grands-ducs» dans les fermes avoisinantes.

J'avais tout juste deux mois et leur escapade se termina en angoisse parentale. Je vous raconte. En fin d'après-midi, sur les sentiers, me ballottant dans une poussette plate, ils commencèrent leur tournée dégustation. Passant du cidre au calva et du calva au cidre, vers les vingt-trois heures, tout ce petit monde était assez éméché. Torches électriques en main, cherchant parfois le bon chemin, leur retour s'effectua en chansons grivoises et la démarche mal assurée. Ils regagnèrent enfin leur gîte dans cette nuit d'encre noire.

Arrivés au domicile, ils allumèrent la pièce, rentrèrent la poussette plate mais sans bébé à l'intérieur. Cette panique justifiée les dessaoula instantanément. La bande de lurons n'était plus joyeuse du tout. Armés de lamparos de poche, les voilà partis à la recherche de l'enfant perdu quelque part sous la voûte céleste. Dans la montée d'un chemin qui était en fait une descente à l'aller, j'avais glissé de la poussette et personne ne m'avait marché dessus. Après une bonne demi-heure, ils me trouvèrent dormant comme un charme dans un petit fossé. La nuit était fraîche, mais l'emmaillotage des bébés à l'époque, ce n'était pas de la rigolade. Mes jambes étaient bandées pour éviter de futurs membres arqués, et l'on mettait le tout dans une espèce de sac à jambon molletonné pour bébé et l'on rajoutait un bonnet sur ce qui dépassait.

Ma première «bêtise» qui m'a été comptée se déroula dans l'hôtel du boulevard Victor, quelques mois après leur séjour normand. Ma mère m'avait posé sur une chaise haute le temps de préparer mes agapes. Cette chaise avait eu la malencontreuse idée d'être placée à côté de la table, ce qui semble logique. La table, elle, était plaquée sur le mur ajouré d'une fenêtre. Grave erreur, car sur le rebord de l'embrasure, ma mère n'ayant pas de réfrigérateur, une bouteille de lait prenait le frais et à cet âge-là, on aime le lait.

Ma mère me tournant le dos, J'en profitais pour manipuler de façon empirique ma tablette « air-aviatic » et réussi à la soulever, puis, je ne sais pas par quelles contorsions, je réussis à grimper sur la table de cette chambre-cuisine. Après deux quatre pattes, j'atteignis la précieuse bouteille de verre. Ma mère se retourna et poussa un cri. Effrayé, je retirais la main de cette bouteille de lait devenue bancale. Elle roula sur le rebord de la fenêtre et tomba dans le vide, il était dix-huit heures et le trottoir était noir de monde. Après d'interminables secondes,
3 étages plus bas, le bruit d'une bombe se fit entendre.

Ma mère m'avait déjà pris dans ses bras et n'osait se pencher par la fenêtre pensant que j'avais tué quelqu'un. Ce quelqu'un aurait pu être mon père car celui-ci rentrait du travail et était sur les lieux du drame.

Ma mère empoigna son courage et osa se pencher. Le monde s'était arrêté ; nul ne bougeait et entre les jambes des passants indemnes était dessinée une grande étoile blanche.

Notre premier périple débuta avec la mutation de mon père à Salon de Provence. Nous habitions à Grans, petit village du midi. Cette année 53-54 fut une année décisive pour l'avenir de mon père, car il devait préparer son concours pour accéder au grade d'officier. Pour lui commençait également une période boy-scouts car il fut interne durant 3 mois avec ses potes potaches et ne voyait sa femme qu'en fin de semaine.

Durant toutes les années qui suivirent, les souvenirs que j'ai laissés à ma mère furent éphémères, répétitifs et intenses, car maintenant, je marchais… .

J'étais un garçon aimant l'aventure et ne tenant pas en place, le genre d'enfant que l'on qualifierait aujourd'hui «d'hyperactif». Ces enfants de notre moderne société «bénéficient» d'un suivi psychologique et une attention toute particulière pendant leur scolarité, bref, il doit s'agir d'une pathologie infantile nouvelle.

Quoi qu'il en soit, à dix mois je marchais allègrement et j'ai vite eu une aversion pour les poussettes si bien que lorsque ma mère se promenait avec moi, j'étais en laisse mais pas autour du cou, c'était interdit. Celle-ci, toute blanche me bardait la poitrine comme une caille. Ce harnachement n'était pas un signe ostentatoire d'esclavagisme infantile mais cet accoutrement était nécessaire à ma sécurité.

Mais ne dit-on pas « il n'y a pas de sécurité sans risque zéro » ; aussi un jour au bout de la laisse, ma mère n'aperçut qu'une bouche d'égout. J'avais disparu dans un caniveau, le long du trottoir, dans lequel je m'étais infiltré, sorte de boyau qui me donnera sans doute plus tard le goût pour la spéléo. J'avais réussi à avoir ma première concentration de fans. La nouvelle se répandit très vite dans le village et jusqu'à la mairie. Quelques instants plus tard un brave employé municipal retira la plaque d'égout et m'extirpa de ce cloaque.

Ayant vite appris les défauts de ma cuirasse en cuir tressée, de temps en temps, pour assouvir quelques curiosités, je m'en débarrassais discrètement et prenais grand plaisir à voir les braves gens me courir après comme l'on court derrière un canard. C'est ainsi que sur la place du marché, endroit où l'on papote, j'avais échappé à la vigilance de ma mère et me suis retrouvé sous les quatre jambes d'un immense cheval. Le charretier avait beau user du fouet pour faire avancer sa bête de trait, rien ni faisait, Equus caballus n'avançait plus et pour cause, ce brave cheval ne voulait pas me blesser. Ce jour de marché resta dans la mémoire collective et le héros quadrupède de la matinée eut sans doute une double ration de picotin.

Avec ses premiers galons d'officier mon père nous amena en Afrique qui deviendra plus tard mon continent de prédilection.

Marrakech !.... mais juste pour un an juste assez de temps pour accueillir ma sœur Jocelyne native de cette belle contrée. Je n'ai pas de souvenirs concrets de cette époque si ce n'est des souvenances sensitives telles les odeurs et les couleurs, la langue du pays que mon cerveau a toujours en mémoire, aussi mes parents m'évoquèrent plus tard l'histoire de la disparition de l'enfant étoilé durant une bonne demi-journée.

J'avais suivi en début d'après-midi un jeune pâtre de dix ou onze ans avec son petit troupeau qu'il surveillait dans les rocailles entourant la ville. Le soir venu, après avoir rentré ses moutons le berger était rentré seul en ville sans trop se poser de questions. À la façon dont certains enfants restent prisonniers d'un placard lorsqu'ils jouent à cache-cache dans une maison moi, je préférais faire des blagues en plein air, j'étais resté enfermé avec les brebis dans la bergerie. Tout le quartier était à ma recherche. La police locale, les pompiers, tous étaient sur le pied de guerre car le crépuscule pointait à l'horizon. Quelques heures de recherche plus tard, des militaires me retrouvèrent errant à l'extérieur de la ville et me ramenèrent chez mes parents. Ce fut mon premier tour en Jeep.

Mon encéphale a dû s'imprégner des odeurs colorées de cette ville car J'y suis retourné bien plus tard, après l'an 2000 et j'ai eu le ressenti de déjà-vu.

Notre séjour avec ma seconde épouse commença sur le parking de l'aéroport avec la rencontre d'un chauffeur de taxi. Et là, un climat de confiance irréfléchi s'installa. Il devait nous conduire à l'hôtel Bordj où nous avions retenu une chambre mais il était vers les midis et mon ventre prit rapidement la place de mes hémisphères cérébraux et Dieu merci, ce jour-là mon estomac avait bien fait de réagir. En route vers l'hôtel je lui demandai : « où emmènerais-tu ta famille manger, avec tes moyens, dans Marrakech ? ». Il me répondit : « on y va ».

Nous lui avons offert le repas dans un endroit comme je les aime. Repas simple sur une terrasse où les cannisses zèbrent le soleil, où la nourriture est familiale. Dès ce moment, j'ai su que nous allions passer un séjour inoubliable. Tous les matins, il était là au bas de l'hôtel avec son taxi pour partir en promenade et cela pendant une semaine. Il était notre guide, notre conteur.

Marrakech dort-elle ? Il parait que non, belle cité qui donna son nom au Maroc. Elle n'en est plus la capitale mais elle a gardé tout son prestige et reste « la perle du sud ».

Sa médina moyenâgeuse et la mosquée de la Koutoubia sont ses repères urbains.

La place Jamâa El Fna tout comme « la mamounia » est sûrement aussi connue dans le monde que la tour Eiffel. Cette place est l'organe vital de la ville et tout comme la tour Eiffel, elle ne dort jamais. Le jour, elle est animée d'une vie intense où le misérable et le sublime se mêlent pour offrir un spectacle hallucinant. Badauds, musiciens, boutiquiers, danseurs, vendeurs d'oranges, charmeurs de serpents, mendiants, guérisseurs... forment une foule hétéroclite et bigarrée. À la nuit tombée, les gargotiers s'installent et la place se métamorphose alors en un vaste restaurant en plein air où l'on peut déguster pour un prix modique toutes les spécialités locales.

Marrakech abrite de nombreux joyaux où fontaines, mosaïques et jardins côtoient le vert, le bleu et l'ocre.

La médersa ben Youssef, école coranique aux 132 cellules dont les fenêtres, faits inhabituels, donnent sur sept petites « courettes » intérieures dont certaines ouvertures regardent la médina. C'est dans cet endroit que pierres, bois de cèdre, zelliges et stucs embellissent le monument.

Autres merveilles de cette ville à la couleur ocre : le musée de Dar Si Saïd renfermant la quintessence des arts marocains, et faisant scintiller les ornements d'or et de marbre sans oublier la Ménara, magnifique bassin bordé de fleurs.

On ne peut contourner la visite du palais de la Bahia, qui servit de décor naturel à de nombreux films. Ce palais est une succession désordonnée de luxueux appartements secrets ouvrant sur des patios.

Cet inventaire de beautés est loin d'être exhaustif. Mais surtout, il ne faut pas quitter cette ville sans s'asseoir sur un banc dans le jardin de Majorelle et fermer les yeux quelques instants pour écouter l'eau de la fontaine et s'imprégner des odeurs de ce minuscule paradis. Ce jardin enchanteur fut créé par le peintre français Jacques Majorelle qui s'y établit à partir de 1922. Racheté en 1962 par le couturier Yves Saint-Laurent, le jardin a été depuis entièrement réhabilité. Bougainvillées, cyprès, cocotiers, palmiers cactées, papyrus... créent un étonnant décor floral. L'ancienne villa bleu vif du peintre est devenue un petit musée d'art islamique où l'on peut admirer tapis et céramiques de différents villages du sud.

Mais revenons au passé et arrêtons-nous de rêver, nous sommes en 1956 et mon père est muté sur la prestigieuse base aérienne d'Avord : « Georges Mandon » et enregistrée sous le numéro 702.

C'est en 1912 que commence l'histoire aéronautique de la base d'Avord avec l'implantation d'une école de pilotage. Elle formera tous les « As » » de la guerre 14/18, tels que Fonck, Guynemer, Georges Madon qui fût un des dix premiers pilotes affectés à Avord. Il terminera la guerre avec 41 victoires homologuées, se classant quatrième sur la liste des as français. Plus tard Mermoz et St Ex y rentreront aussi.

De 1920 à 1940 Avord poursuit sa mission de formation des pilotes et des équipages tout en modernisant ses équipements.

Durant la seconde guerre mondiale, la base est occupée par les Allemands. En 1944, elle est bombardée par les Alliés puis évacuée par les Allemands après la mise en œuvre d'un plan systématique de destruction. La base est reconstruite en 1946 et reprend sa mission.

Naissance, au joli mois de mai, de ma sœur Catherine, mes souvenirs ne sont que des flashs à la chronologie incertaine, laissons donc remonter le temps qui éclaircira le passé.

Nous retraversons la Méditerranée pour nous retrouver à Fort de l'eau, à l'ouest d'Alger. Tant de lumière traversait mes yeux qu'ils ne pouvaient que rester entre ouverts à la moindre photo en extérieur.

Réverbération du sable, des maisons et de la mer j'étais envahi par la lumière et la liberté. Notre séjour dura deux ans, de 1956 à 1958 ; deux ans de vacances pour cet espiègle garçon.

Nous avions une maison plus petite que la terrasse percée d'un escalier de dix marches qui s'arrêtait sur une plage brûlante. Elle était notre terrain de jeu sans cesse sous surveillance.

Mon père était souvent en mission durant des semaines laissant ma mère dans un climat incertain avec 3 enfants à s'occuper et j'en donnais de l'occupation à ma mère… .

Nous avions comme voisin des pieds noirs qui se retrouvèrent quelques années plus tard rue de la convention à Paris. Le mari était dentiste, ses enfants furent mes premiers amis dans la vie. Leur mère était la caricature de la femme Méditerranée généreuse, brune, bronzée et sachant cuisiner les bons plats de là-bas. Je connus l'école pour la première fois qui elle aussi était au bord de la plage. Nous n'avions qu'une centaine de mètres, peut-être, à faire sur le sable avec mes deux compères pour la retrouver. Il nous en fallait du temps pour aller nous instruire jouant à cache-cache parmi les barques se reposant sur la grève. Nous avions des claquettes ou des chaussures de toiles remplies de sable. Parfois des chaussures de plastiques translucides et ajourées nous protégeant sur la plage des innombrables boulettes de goudron et dans l'eau des oursins.

Nous avions une institutrice qui me paraissait bien vieille avec ses 24 ans mais très attirante, comme la plupart des femmes. Je me trouvais au fond de la classe sous un grand ventilateur, accoudé sur le pupitre incliné. J'ai dû ces années-là connaître mes balbutiements avec l'orthographe et la grammaire mais je n'étais pas un Champollion et n'attendais qu'une chose, l'heure de la sortie.

Pour m'occuper on m'envoyait souvent au coin debout ou à genou suivant l'humeur de madame.

La pire des humiliations résultant de ma conduite et de mes résultats était de me promener dans toutes les classes, accoutré d'un bonnet d'âne aux grandes oreilles avec une langue de carton rouge tenue par un élastique passant autour de mes oreilles. Ce carnaval était hebdomadaire pour moi.

Le célèbre photographe Robert Doisneau (1912-1994) aurait pu m'avoir dans sa collection s'il était passé par là.

Mais j'avais quelques vengeances dont une que j'appréciais tout particulièrement car je pensais qu'à l'époque ce n'était pas bien d'avoir des pensées si osées. J'appris bien plus tard qu'elles étaient tout à fait naturelles. Cette institutrice en jupe avait pour habitude de s'asseoir sur son bureau, quoique de plus naturel mais, face à la classe, étalant ses jambes sur le premier pupitre de la première rangée.

Quand je voulais aller aux toilettes, pour gagner la porte de sortie il fallait passer par cette chaise longue humaine et madame ne dédaignant pas retirer ses jambes, m'invitait à passer sous ce pont enjuponné. Et là bien sûr, à 4 pattes, tout en ne ralentissant pas ma course, mes yeux furtifs virent pour la première fois d'énormes cuisses ornées d'une culotte de coton. Premier trophée pour mes yeux, première culotte de femme non familière, une culotte étrangère inspirant mon imagination. Par la suite, tous les jours je retardais ma miction en attendant que madame reprenne sa pose très décontractée pour demander à aller aux toilettes. Plus tard, je me suis demandé lequel de nous deux prenait le plus de plaisir.

Mon fidèle destrier m'attendait chaque jour chez moi, je jetais mon cartable et l'enfourchais pour explorer de nouveaux territoires. Il pétaradait car j'avais fixé à l'aide d'une pince à linge un morceau de carton dur qui faisait un bruit de crécerelle en frottant sur les rayons. Bien que rouge, je lui en ai fait voir de toutes les couleurs et moi bien des étoiles.

Il y avait une grande descente devant la maison, un jour à un carrefour une 403 avec ridelles venait de ma droite et j'ai voulu frôler l'arrière du véhicule mais une planche couleur sable se confondant avec la plage en toile de fond, dépassait de la voiture. Le choc fut terrible, le coup du cavalier dans les bois qui se prend une branche en pleine figure. Je fus désarçonné et mon vélo parcouru une trentaine de mètres tout seul avant de sauter un petit muret et de se retrouver sur la plage.

Le KO. Je me suis retrouvé dans mon lit ayant l'impression d'avoir rêvé mais une énorme bosse proportionnelle à ma céphalée me ramenait à la réalité.

Lorsque mon père revenait de « voyage », j'attendais toujours de lui un petit cadeau, un souvenir, mais à chaque fois il revenait les mains vides. J'appris plus tard qu'il avait une permission de temps en temps après avoir guerroyé dans le djebel. Il était pilote sur H34. Hélicoptère de la firme Sikorski, désiré par l'US Navy en 1952 pour la lutte anti-sous-marine, son premier vol se déroula le 8 mars 1954. Avec cet appareil qui prenait feu facilement, mon père et son équipage déposaient une poignée de bérets verts sur des points chauds. Puis repartaient pour une autre vacation. Parfois sur la carlingue ils étendaient un drap blanc frappé d'une croix rouge, récupéraient les blessés et rentraient à la base lorsque tout se passait bien. Il avait dû en voir des choses comme la descente en feu de l'hélico de son pote qui quinze jours plutôt buvait l'apéro chez nous. Il avait essuyé en vol quelques mitrailles son siège pilote en portait les traces et souvent, il rentrait de mission avec une combinaison de vol trempée d'urine.

Rentré à la maison, sa première tâche après avoir vidé son barda était de remettre mon vélo en état, je le regardais faire avec admiration, pour toutes les choses qu'il devait garder en lui et croyant qu'il aurait pu réparer n'importe quoi.

J'ai failli le perdre ce père pendant notre séjour, pas dans le djebel mais dans notre salle de bains. Une intoxication au monoxyde de carbone que dégageait un chauffe-eau assassin. Ce jour-là ma mère entra dans la salle d'eau et vit mon père somnolant sous la douche, elle le tira jusque sur la terrasse où il reprit peu à peu ses esprits.

Les moments les plus intenses avec ce père, lors de ses permissions, étaient sans aucun doute les courses que nous faisions sur la plage côte à côte ou plus tôt tête à hanche, avec le soleil levant et une mer d'huile pour décor. Nous étions seuls et les traces de nos foulées sur le sable humide ressemblaient à celles des premiers hommes. Puis nous nous arrêtions pour souffler, mon père prenait un roseau apporté par le vent ou la mer et dessinait sur cet immense tableau de sable des carrés, des cercles, des triangles ; je prenais sans le savoir mais premiers cours de géométrie. Voilà l'école que j'aimais. C'est sur cette plage que j'appris qu'un cercle pouvait être inscrit dans un carré et que l'on pouvait ainsi déterminer l'aire d'un disque.

Lors d'une de ses permissions, mon père et notre voisin dentiste m'allongèrent sur une table pour une « opération » épines d'oursins ; ce fut un jour mémorable, l'un me tenait, l'autre armé d'un bistouri me charcutait. Mes pieds n'étaient plus que des pommes d'arrosoir qui pissaient le sang. J'avais tellement mal qu'il me fut permis ce jour-là d'atténuer ma douleur en hurlant des gros mots : qu'est-ce qu'ils ont pris, ils en ont entendu. Les premiers mots furent timides et ils faisaient rire mes tortionnaires, alors je m'en suis donné à cœur joie. C'était la première fois que j'insultais des adultes mon père compris et effectivement cela faisait du bien. Les interdits étaient levés et mon cerveau était ainsi détourné de la douleur, il cherchait des mots nouveaux, il cherchait la limite du raisonnable, il hésitait à prononcer les infamies que je ne devais pas connaître à mon âge.

Les vacances mêmes scolarisées ne sont pas éternelles, elles s'arrêtèrent avec la nouvelle mutation de mon père ; retour case départ : base d'Avord de 1958 à 1960.

Mais avant de poursuivre cette narration, il faut que je vous dise qu'entre chaque mutation de mon père, ma mère et ses enfants étaient en stop over quelque part en attendant que le chef de famille s'installe dans ses nouveaux quartiers.

Nous étions séparés, ballottés, parachutés là où l'accueil était favorable ; ma mère étant fille unique, les frères et sœurs de mon père ne s'entendant pas et surtout avec leur belle-sœur, les choix d'hébergements étaient restreints.

Ces différentes garderies, sans doute payantes, devaient durer au plus quinze jours. Sur ce sujet peut être délicat mes parents sont quelque peu amnésiques, donc à la volée je vous offre ces bribes de souvenirs.

Chez le frère de mon père Louis qui durant la guerre était sur Halifax, sergent-chef de son état et mitrailleur supérieur, équipage du capitaine Jean, dans l'aviation française en Angleterre : «groupe Tunisie». Revenu à la vie civile, lui et sa femme Raymonde vivaient en HLM non loin de la place d'Italie. Il était chauffeur d'autocar au centre d'essai en vol de Brétigny sur Orge.

Équipage de renfort octobre 1944

1re Escadrille

Pilote : Sgt/C. DANIEL. Navigateur : Cpt. Jean. (Cdt. de l'avion). Bombardier : S/Lt. Robert. Radio : Sgt. Haas. Mécanicien : Sgt/C. Ricaud. Mitrailleur supérieur : Sgt. Faivre. Mitrailleur arrière : Sgt/C. Thibeau

Dès qu'il était dans ses pénates, il restait toute la journée nippé d'un marcel et d'un pantalon à bretelles. Il était poilu comme un gorille. Je ne m'entendais pas trop avec son fils car un peu trop « gnan gnan » à mon goût. Aussi un jour, il me convoqua dans sa salle de bains et tout en se rasant, me recommanda d'être plus gentil avec son rejeton et pour me convaincre il me signala en passant qu'il avait été boxeur amateur ; je fus très impressionné.

Une autre fois c'était chez ma tante Jeannette qui devait habiter du côté du Raincy, là les enfants étaient plus vivants, j'étais scolarisé avec eux et c'est là que j'appris à jouer aux billes.

Nous cachions notre trésor : calots, agates, porcelaines dans un récipient métallique cylindrique sous l'escalier de la maison.

En partant pour l'école (je ne me souviens plus du niveau de ma classe) nous prenions une partie des billes, les mettions chacun dans un pochon de toile. Aux récréations le but de notre journée commençait. La cour était en terre battue, le terrain des hostilités infantiles était idéal. Cette cour était parsemée de trous que nous creusions de nos mains pour jouer au pot auquel nous rajoutions un qualificatif, le pot français, le pot américain et bien d'autres encore. Chaque pot avait ses règles ; nous mettions nos mises dans ce trou et habilement avec une bille nous fracassions ce pot en remportant les billes qui en sortaient. Les calots n'étaient pas des bonnets de la police mais de grosses billes qui nous servaient à jouer à la ligne.

Il nous fallait pour cela trouver dans la cour un terrain bien plat. Sur une belle ligne tracée à la branchette nous placions les plus belles, nous nous mettions à deux ou trois mètres et nous lancions tour à tour nos billes de bowling. Celles que l'on éjectait de la ligne constituaient notre butin. Puis venait le tour des échanges qui s'effectuaient généralement en classe, en évitant que l'une ne tombe sur le sol carrelé.

Le soir avec mes cousins, sous l'escalier nous comptions les gains ou les pertes de la journée.

Une autre fois, peut-être au mois de juin je me suis retrouvé à l'école primaire d'Omessa, située près de l'église dans le quartier u Rione. La cour de récréation était la place du village, nous jouions au ballon, nous nous rafraîchissions à la fontaine. Les enfants, bien que chéris, étaient élevés avec dureté, la vie de certains n'était pas facile avant et après l'école d'autres «corvées» les attendaient. Un jour, l'un d'eux avait trouvé un hérisson et l'avait mis dans la fontaine, ils se regroupèrent tous autour de celle-ci et empêchaient ce brave porte épingles de regagner ses bords. La colère me prit, en bousculant tout ce petit monde, je me frayais un chemin dans ce petit rempart humain. J'ai eu droit à quelques gifles et à quelques noms vexatoires comme «pinzutu» mais j'avais réussi à sauver ce hérisson.

Ce mot de «pinzutu», je les ai souvent entendu murmurer durant les vacances d'été que nous passions au village où que nous soyons dans le monde ou sur le continent. Cette interjection était provocatrice, simplement exprimée pour évaluer mes réactions. Mon oncle et ma tante que l'on «envahissait» l'été m'avaient bien conseillé à ce sujet : «En Corse, ne te laisse jamais faire et garde la tête haute, c'est ce genre de personne que l'on respecte et que l'on apprécie». Ce conseil s'est renforcé au cours des années par la devise gravée sur l'église Sant'Andria du XVe siècle d'Omessa qui abrite le tombeau des trois évêques Colonna : « toujours au plus fort de la mêlée, souvent vainqueurs, quelques fois vaincus, mais jamais domptés ». À ceux qui me traiteraient encore de ce nom à l'accent pointu, je leur conseillerais de lire avec attention l'histoire de la Corse.

Puis Ajaccio, peut-être cette même année ou bien une autre. J'ai le souvenir que nous habitions non loin de la clinique Comiti. Mon grand-père s'était installé là pour deux raisons ; la première était que sa femme avait un cancer de la peau en phase terminale, la deuxième était qu'il se sentait bien à Ajaccio et même s'il fallait passer le col pour rejoindre le village il était bien dans cette cité napoléonienne ressemblant quelque part à un petit Nice.

Mon grand-père chaussait des carreaux de l'épaisseur d'une assiette, il avait toujours été un flambeur non pas au casino mais il aimait un certain environnement clinquant, les restaurants et surtout les courses de chevaux. Il était passionné par le trot attelé qu'il suivait maintenant à la télévision avec une paire de jumelles posées sur l'accoudoir de son fauteuil vert olive.

Il faut dire que lorsqu'il était en activité dans le service des douanes, il arpentait avec sa femme et sa fille, durant le week-end, les champs de courses parisiens. Lorsqu'il gagnait, il craquait tout ; «grande classe». Lorsqu'il perdait, les huissiers venaient de temps en temps leur rendre visite, prenaient les meubles qu'il récupérait quelques jours plus tard après avoir gagné aux courses bien sûr.

C'était un Manouche, un homme libre qui n'avait jamais été propriétaire que de lui-même. Il fit un peu de prison sous l'occupation pour avoir fait de faux papiers pour des familles juives, il n'aimait pas la hiérarchie, il était normalien mais ne rentrait dans aucun moule sauf celui de la liberté. Bien qu'il fût lettré, il avait fait 14/18 avec les Sénégalais et avait une maigre pension pour avoir pris une rafale dans les jambes. Il me racontait que dans la souffrance des tranchées, lui et tous les autres sympathisaient avec les Allemands en s'échangeant du savon et des sucreries qu'ils recevaient de leurs colis. Puis quand il y avait une nouvelle relève de tranchée, la guerre recommençait.

Il était souvent assis près de la cheminée dans ce grand fauteuil de cuir vert au style anglais, somnolant la bouche ouverte, les yeux fermés ressassant sans doute ses pensées.

Assis, las.
Harassé par le temps,
seul le vieillard attend.
Il se morfond les poings serrés,
il voit s'ouvrir l'éternité.
Dans l'âtre où le feu danse
le sien n'est plus qu'un tas de braise
que chaque souffle consume peu à peu,
Il gémit puis s'apaise.

Il m'arrivait de lui mettre un doigt dans la bouche ou de lui tapoter la tête en lui disant à l'oreille : « babone réveille-toi ».

À ces instants, sans ouvrir les yeux, il murmurait : « sans courir ». Quelques minutes plus tard, ayant oublié mes agaceries, je m'approchais de lui pour être là à ses côtés, il m'attrapait la main descendait jusqu'à l'un de mes doigts qu'il serrait jusqu'à ce que je me mette à genoux.

Il avait désiré un garçon pour le nom, mais il n'eut pas cette chance ma mère était une fille dont il s'occupa fort peu. Sans raison apparente elle avait été dans un internat pour jeune fille, il me semble qu'elle fut un enfant accidentel.

Étant son petit-fils, il fallait que je m'endurcisse, que je devienne un homme un vrai... C'est la raison pour laquelle, déjà très jeune, il m'amenait à la Leccia d'Omessa pour que j'assiste au « spectacle » de notre abattoir traditionnel.

Après avoir repéré dans le maquis un de ses veaux, le boucher et ses fils la faisait monter » façon rodéo » dans une bétaillère. Arrivé au village celui-ci hissait par les pattes postérieures, la pauvre bête meuglant après sa mère, à l'aide de cordes glissant sur une poulie fixée à une traverse du garage Hitchcockien. Le bovidé se balançait au rythme des coups de maillet qu'il prenait sur le crâne et quand il était plus calme le boucher le finissait au piolet.

Après, la leçon de choses devenait plus intéressante car plus anatomique : vidage de tripes et ses odeurs du jour, puis alternance de différents outils comme la hache et la scie. Durant tout ce temps mon grand-père échangeait quelques souvenirs avec l'assassin de bovins. Mon grand-père étant maintenant satisfait de sa part d'éducation à mon égard, nous pouvions rentrer à la maison pour le repas de midi. Il m'a fallu un peu de temps avant de remanger de la viande. Ah ! Cette viande corse, dans la poêle, elle se suffit à elle-même tant elle est maquisée. Les vaches chez nous, elles sont libres, si maintenant elles sont plus ou moins parquées, elles ont de vastes territoires sur lesquels elles améliorent la qualité de leur chair en mangeant ce qu'elles trouvent. Bien sûr elles ne sont pas aussi grassouillettes que leurs congénères de l'Aubrac car ce sont de vraies chèvres, nos vaches.

Si l'été vous êtes au bord de la rivière et que voulez la compagnie des vaches, il vous suffit de couper quelques branches basses et elles accourent, sortant du maquis pour améliorer leurs ordinaires avec du frais feuillage.

À cette époque, toujours à Ajaccio ma mère était souvent convoquée à l'école primaire du quartier pour répondre des quelques coups de poing que son fils donnait et encaissait, j'ai dû apprendre très tôt à me faire respecter.

La plus belle des journées passée avec mon grand-père fut sans doute celle passée chez le coiffeur. Mon grand-père et moi allions d'un pas lent vers la place symbole de la cité napoléonienne. Il marchait à petits pas s'arrêtant, regardant la mer qui était toujours là, fidèle et changeante. À la vue d'un portail il me disait ;» c'est ici la maison de Tino Rossi».

Je lui faisais presser le pas ; je n'attendais qu'une chose, c'était d'être sur cette place de terre battue : «la place du diamant».

Nous étions tout proches, j'entendais une cloche, celle du Monsieur aux petits chevaux.

Des chevaux tricycles attelés chacun à une carriole, avec de vraies rênes de cuir. Au premier «ding, ding, ding, ding», les enfants s'installaient dans ces chars Ben Hurien et pédalaient de toutes leurs forces j'étais transporté à une autre époque, celle des arènes, nous faisions la course, nous nous frôlions risquant à tout moment la collision. Lorsque la cloche tintait de nouveau, nous garions nos petits chevaux métalliques sans écurie et d'autres enfants prenaient le relais et les petits destriers roulaient toute la journée. Puis mon grand-père m'amenait chez son ami coiffeur.

Dans ce salon tout était impressionnant comme dans «Alice au pays des merveilles»; les adultes étaient grands les fauteuils géants et les miroirs aussi. Mon grand-père me laissait là et partait faire ses emplettes.

Lorsque ce fut mon tour, les mains immenses du coiffeur m'attrapaient par la taille et tout comme il aurait soulevé une plume celui-ci me déposait délicatement sur une planche de bois blanc qu'il avait ajustée sur les deux accoudoirs du fauteuil. Là, il me voyait dans la glace et moi aussi je me voyais fier comme Artaban. Mes cheveux n'étant pas de la première souplesse, une coupe en brosse et un coup de vaporisateur à l'eau de Cologne étaient juste nécessaires à la beauté de mon âge.

Puis mon grand-père arrivait, journal sous le bras une bouteille de vin blanc à la main, de l'autre il prenait la mienne et nous descendions sur le port.

Là, il y avait ses copains avec des cagettes pleines d'oursins. Les uns avaient du pain les autres du beurre salé, l'oursinade pouvait commencer.

Assis sur le ponton de planches ajourées, les pieds ballottant dans le vide, les yeux plissés par le soleil jouant sur l'eau, j'observais les bancs de petits poissons dans leur ronde du vieux port.

Sur le pain, ils étalaient de leur canif les ovaires corail de ces échinodermes femelles, ils refaisaient le monde, parlaient des amis, de femmes, chantaient bref ils partageaient un bon moment de vie. Ces bons moments, ceux qui restent en mémoire et supplantent les mauvais.

Après ces différents intermèdes «garderie», revenons à Avord, près de Bourges, petite bourgade à l'époque, pour de nouvelles aventures.

Bourges et ses galettes de pommes de terre, son crottin de Chavignol, ses vins du pays de Loire, son clafoutis «mia» aux «guignes», ses bonbons : «les forestines «.

Mais le fleuron de la ville est sans nul doute sa cathédrale St Étienne construite entre la fin du XIIe et la fin du XIIIe.

Édifice aux proportions harmonieuses par la qualité de ses tympans, de ses sculptures, de ses vitraux.

Cette ville est aussi « connue » par la naissance de ma sœur Caty le 23 mai 1957.

Cette nouvelle période à Avord fut l'élément déclencheur de ma boîte à souvenirs. Ces réminiscences sont bien réelles maintenant, hautes en couleurs mais elles se déroulent sans notions chronologiques, elles arrivent pêle-mêle dans mon cortex occipital au grès sans doute de leurs importances.

Le premier de ces souvenirs est celui de mon père fabriquant un portail de bois qui manquait à cette maison. La cuisine reposait sur une surface inventée par l'Écossais Frederick Walton vers 1860, revêtement souple et gommeux à base d'huile de lin oxydée : « le linoléum ». Cette pièce était vaste et l'évier petit, une petite fenêtre donnait sur la rue.

Le corridor étroit donnait sur un grand escalier menant aux chambres. Les fenêtres de l'autre façade offraient aux regards un petit potager prolongé par un immense champ de blé.

Avant d'accéder à ce jardin légumier, il y avait un immense cerisier trônant sur un gazon japonais semé par mon père.

Lorsque venait le temps des cerises, ma petite voisine s'invitait pour un festin de drupes.

Elle venait en jupe pour escalader le cerisier, sans doute pour je ne sais quelques coquineries instinctives que les femmes possèdent dès leur plus jeune âge. Elle grimpait la première et me sollicitait pour l'aider dans son ascension. Ne fermant pas les yeux de peur de tomber, je découvris ma deuxième culote « in vivo » et de plus j'avais la permission tacite de soutenir la très jeune fille par les cuisses pour éviter que celle-ci ne glisse et quand bien même cela lui arrivait, elle se retrouvait assise sur mes épaules. Puis à califourchon, nous progressions chacun sur une branche afin d'arriver au buffet tant convoité. Nous mangions une cerise sur trois en moyenne et nous crachotions les noyaux sur le gazon japonais. Les deux autres « cœur-de-pigeon » étaient pour nos paniers pendus à une esse.

Une fois pleines, les corbeilles étaient confiées à nos mamans respectives et quelques heures plus tard les maisons embaumaient le clafoutis.

Puis venait le temps des blés dorés, des bleuets, des coquelicots et des grandes vacances qui allaient durer jusqu'aux vendanges.

Cette année-là, je fis la connaissance de mon premier représentant de l'ordre, le garde champêtre (corps mis en place sous Philippe le Bel). Ce fonctionnaire communal avait pour mission, comme les gendarmes de l'époque, la protection du monde rural. Mais la plupart du temps, il venait avec sa moustache à l'endroit stratégique du village coiffé de son képi, bardé d'un tambour aux baguettes automatiques installées sur cette percussion depuis 1935. Là, les citoyens se réunissaient autour de lui et écoutaient les nouvelles provenant de la mairie du village : « les arrêtés, les naissances, les décès et souvent divers potins ».

Une fois les blés moissonnés, les champs étaient jonchés de ballots de paille. L'heure était venue, toutes les bandes de « la guerre des boutons » allaient s'affronter.

Avec une trentaine de fardeaux, nous faisions de véritables fortins avec souterrains dans lesquels nous circulions à quatre pattes. Leurs constructions étaient pénibles pour nos petits bras, c'est qu'elles étaient lourdes ces balles de paille. Selon notre loi martiale, les hostilités ne pouvaient commencer qu'à la fin de nos constructions à la « Nif Nif » et des agapes que nous donnions à la fin de l'ouvrage.

La règle était simple, la première bande qui effondrait le château ennemi et enlevait la princesse des lieux avait gagné. Tous les coups étaient presque permis pour empêcher la destruction du castel et l'enlèvement de la châtelaine.

Certains, les plus téméraires, étaient chargés du rapt de la suzeraine les autres armés de canif coupaient les ficelles des balles de paille afin que la forteresse adverse s'effondre.

La guerre se terminait dans la joie d'un piquenique partagé. Bizarrement le seul à ne pas être content était le propriétaire du champ.

C'est la raison pour laquelle, mon père vit un jour dans l'encadrement de la porte d'entrée le moustachu et son képi. Étant mineur à l'époque, il paya mon forfait pour atteinte aux biens d'autrui. Je pris une bonne rouste accompagnée de quelques restrictions punitives.

Cette vie semi-campagnarde me plaisait si bien que ma mère me voyait déjà plus tard dans un établissement agricole. J'allais chercher les œufs et le lait dans la ferme voisine. En général à mon retour, le nombre d'œufs avait diminué, souvent j'en gobais un en lui faisant deux petits trous opposés à l'aide d'une épingle à nourrice ; ou alors j'en avais cassé ; il faut dire qu'ils étaient simplement emballés dans du papier journal. Dans ce cas, je retournais à la ferme accompagné d'une enguirlande.

Le lait, je le promenais dans un bidon de fer-blanc légèrement cabossé, dont le couvercle était relié au pot par une chaînette. Je fis avec ce récipient ma première expérience sur l'existence de la force centrifuge qualifié par les physiciens de force fictive mais qui donnait de bons résultats. En effet, je faisais tournoyer ce pot couvercle ôté et pas une goutte de lait ne tombait à terre, le résultat était magique et inexplicable pour moi à cette époque. Il arrivait parfois que le bidon heurtât mon mollet droit et soudainement, la force fictive n'agissait plus.

Lorsque je devais aller dans cette ferme, mon esprit devenait contradictoire, j'avais très envie d'y aller pour humer ses odeurs, voir les animaux, prendre un poussin dans la main et étais très effrayé à l'idée de parcourir le sentier qui bordait le champ dans lequel paissait un énorme taureau. Ce bovidé me suivait du regard et lorsque je pressais le pas jusqu'à courir le long de la clôture, celui-ci faisait de même et j'étais épouvanté à l'idée qu'il puisse la défoncer.

Puis vint l'automne avec son vent et son cortège de feuilles mortes frissonnantes. Et surtout la rentrée. J'ai tellement peu de souvenirs de cette école que je n'arrive plus à en décrire sa place dans le village ainsi que son architecture et ses salles de classe sans doute parce que mon cerveau a peut-être tendance à retenir plus facilement les choses que je perçois de façon agréable, du sûrement à un excès de sécrétion de sérotonine. Quoi qu'il en soit, le matin, il devait y avoir deux lignes de morale sur le tableau, nous devions faire une frise sur notre cahier, puis l'on devait aborder par écrit les tendances saisonnières à savoir : raconter nos grandes vacances, ce qui permettait à l'instituteur de compléter ses connaissances concernant la vie de chacun de nous, puis on attaquait les vendanges ou autres activités rurales du coin. Ce programme étant clos, on embrayait sur l'hiver. Bref, nos quatre saisons étaient des sujets inépuisables pour l'enseignant. Si j'avais été en primaire sous les tropiques, le nombre de saisons étant plus restreint ce genre de cours m'aurait davantage lassé.

Cet automne 1959 fut marqué par le décès à Ajaccio de ma grand-mère maternelle, native de Lannion et enterrée à

Omessa. Ma mère sanglotait sur les légumes qu'elle épluchait dans ce petit évier et ne pouvais la consoler. Je tirais sur les plis de sa robe cherchant une explication à cet épanchement de larmes mais n'obtins jamais de réponses. Elle essuyait ses yeux en me disant : «ça va passer». Une heure plus tard assise devant son café, le coude planté sur la nappe à carreaux, la main sur le front puis les deux coudes et les deux mains, je voyais la surface noire de sa boisson qui ondulait au rythme de ses larmes. J'étais triste et désarmé devant cette peine profonde.

Puis, arriva l'hiver, saison non transitive, mordante et incisive. Saison qui ne sanglote pas comme l'automne pour nous avertir de sa venue. Sous notre latitude, la pensée d'un enfant pour l'hiver, ce n'est pas le froid mais la neige, le père Noël, le nouvel an, la galette des rois, la chandeleur. Le souci du froid était réservé aux adultes.

En parlant du Père Noël, c'est un petit voisin qui m'apprit, cet hiver-là, que celui-ci n'existait pas, ce fut sans aucun doute la première déception de mon existence.

Un matin, la neige est apparue, d'ailleurs c'est souvent le matin qu'elle nous fait la surprise. On la devine avant même d'ouvrir les volets car tout est calme, elle étouffe les bruits, le chant du rossignol et le rire du merle.

C'était un dimanche matin que ce jour béni pour les enfants arriva. À peine réveillés notre premier souci était de redonner vie au sapin trônant dans le salon. Nous allumions ses guirlandes éteintes la veille par les parents. Les yeux plus endormis que les jambes, nous entrouvrions les volets de la cuisine et là, une lumière d'un blanc éclatant nous aveuglait. Elle nous saisissait comme pouvait l'être un spéléologue s'extirpant de l'ombre caverneuse.

D'habitude, nous nous occupions mes sœurs et moi en silence, nous savions que le dimanche était réservé à la «grâce matinée» de nos parents et attendions leur réveil. Mes sœurs, inlassablement, déshabillaient et rhabillaient leurs poupées ou préparaient des menus de plastique. Moi, en tailleur ou à genoux, j'élaborais de petits chalets à l'aide de bûchettes, jouais avec de petits soldats ou sortais mes voitures « Norèv et Dinky toys ». Je les alignais, les faisais rouler sur le parquet, puis une à une, les agençais dans un garage rutilant à deux étages avec ascenseur.

Mais ce matin-là, le repos dominical des parents fut écourté par nos cris. Nos anciens jouets ne sortirent pas de leurs boîtes, nous étions le nez collé à la vitre admirant la pièce que nous jouait l'hiver.

Les flocons doux comme des plumes faisaient un matelas au village, certains venaient pleurer sur la vitre nous suppliant de nous habiller, de sortir et de monter sur scène.

Vers les dix heures trente, Jocelyne et moi étions affairés à réunir tous ces flocons en de petites boules. De ces petites boules, nous en obtenions une moyenne puis une grosse, puis on a mis la moyenne sur la grosse et par la magie d'une carotte et de deux boulets de coke, je me mis à apostropher cette neige humanoïde tout comme Gepetto s'adressait à Pinocchio. Nous avions de nos mains créées un humain. La conversation avec le poupon des neiges fut interrompue par des clameurs s'élevant de la rue. Les copains faisaient de la luge, ou plus tôt du traîneau car leurs carrioles des neiges étaient amarrées par des cordes de longueurs différentes au par chocs d'une voiture. Quelle belle idée risquée avait eu ce matin-là ce papa aventureux de s'élancer sur la route verglacée.

Au démarrage de cet attelage, la 203 fumait et patinait avant de s'élancer pour un tour de quartier à la vitesse vertigineuse de vingt kilomètres à l'heure. Mais, n'ayant pas de luge je ne participais pas à cette course romaine moi qui aimais tant la cascade.

On avait pour habitude dans la famille de m'appeler la vrille, vous savez l'ancêtre de la perceuse, outil cousin du tire-bouchon au manche de buis au bord tranchant. Cette tarière utilisée pour faire des trous dans le bois préambule à la pose de vis ou de chevilles.

Ma vrille me permettait de trépaner mon père ; il me fallait un traîneau aujourd'hui.

«Ce caprice» détourna mon papa de ses projets de la matinée. Nous descendîmes à la cave véritable caverne d'Ali Baba du bois, héritage de l'atavisme de son paternel charron de métier.

Il choisit quelques planches, les portées à l'œil visant leur rectitude, les mettait à plat sur l'établi vérifiant leur aplomb, analysant le fil de leur bois.

Il allumait une cigarette de tabac brun, mettrait son matériau et de son crayon plat, stylisait son œuvre. Sur l'établi, à la lumière d'une lampe de fer émaillé, tout doucement je découvrais le plan de mon schlitte.

Chaque coup de scie, chaque crissement de bois sous le rabot étaient des pensées qui s'envolaient vers son père. Puis venait le tour du papier de verre de différents grains dont la sciure se mêlait à la fumée de sa cigarette qu'il oubliait sur un coin de l'établi.

Il soufflait sur les planches douces comme du talc et sa main « instrument des instruments » (Aristote : 384-322 Av. J.-C.) les caressait sans cesse.

Le gamin étant pressé de jouer à l'acrobate de la glisse, l'assemblage du traîneau fut sommaire, point de colle à bois ni de serre-joints, simplement des vis. Mon père savait que son travail serait éphémère. Je l'ai aidé à monter mon cadeau du jour dans cet étroit escalier, le reste du temps je l'avais passé à le regarder faire.

Dehors, j'attendais impatiemment mon tour car la voiture ne tractait que 4 luges à la fois. Enfin vint le mien, enfin vint l'action. La 203, fleuron de la ville de Sochaux, devait s'arrêter lentement pour éviter que les luges ne la dépassent dans leurs élans. Les copains laissaient la place à regret, dénouaient leur corde dont l'une serait solidement accrochée à mon bolide.

Agripper à ma rêne j'encaissais la secousse du démarrage de l'attelage de dix chevaux. Maintenant je glissais, emmitouflé sur cette plaine glacée, j'étais Michel Strogoff.

J'étais fend la bise. En me penchant, en grattant du talon la piste verglacée, j'accrochais les traîneaux de mes poursuivants. J'amenais la corde à moi pour les devancer puis la lâchais puis me retrouvais le cul par terre. Là, Je regardais mon traîneau s'éloigner dans ses embardées, zigzaguant de luge en luge, se retournant et choquant un trottoir. Le patin gauche s'était arraché, mon traîneau ne glissait plus, il faisait des soleils, passait au-dessus des têtes de mes concurrents pour finir sa course sur le coffre de la voiture. Le jeu fut rapidement terminé, le brave homme pesta en dénouant nos cordes.

Nous revoilà sur la terre africaine pour un séjour qui prit brutalement fin en 1962.

Un nuage vénéneux flottait sur Oran. Même les enfants ressentaient l'angoisse de leurs parents. Pendant cette période j'ai dû me « promener » dans trois écoles primaires différentes. Dès qu'un quartier devenait risqué l'école fermait. Nous étions dans une cité entourée de rouleaux de fil de fer barbelés. Les soldats en faction devant chaque bâtiment veillaient sur nous jour et nuit. Souvent, nous n'avions pas le droit de sortir, on nous donnait juste la permission de nous amuser dans le hall de l'immeuble où se réunissaient les enfants de l'escalier.

Comme tous les gosses du monde, nous avions malgré cette ambiance tendue notre univers, celui du jeu et de l'insouciance. Lorsque nous sortions sans trop nous éloigner, nous jouions aux défenseurs de la veuve et de l'orphelin, nous jouions aux «cow-boys».

Devant le petit économat de la cité se trouvait un vieux fourgon Renault abandonné muni d'une galerie de toit, c'était notre diligence. Elle était souvent attaquée et lorsque je me trouvais à cours de munition je sautais de son toit faisait un «roulé-boulé» et le corps à corps s'engageait avec nos assaillants jusqu'à ce que de vrais soldats en faction devant l'épicerie nous houspillent.

Tout «cow-boy», tout chevalier se respectant a une dulcinée à sauver. J'en avais une, elle habitait un autre bâtiment à une cinquantaine de mètres du mien. Un conflit me turlupinait, j'avais une princesse que je «fréquentais» de façon courtoise et idyllique que je sauvais de ses agresseurs quand elle le décidait et j'avais des idées plus terre à terre ; des idées que mon éducation judéo-chrétienne réprouvait et m'interdisait d'avoir. Chacune de mes pensées à propos de la fillette me revenait à l'esprit comme un péché. Un jour, je mis fin à cette torture cérébrale et décidais de me rendre chez elle. Ce déplacement germa dans ma tête comme étant une mission discrète. Aussi, pour rejoindre son immeuble, je me suis abstenu de passer par le poste de garde, j'ai préféré me glisser sous les barbelés. Dring, dring... «Bonjour Madame, je viens voir votre fille pour jouer». «Entre mon garçon et amusez-vous sur le balcon, je dois aller faire une course». J'étais arrivé pile-poil.

Sur ce balcon, je fis mine un moment de m'intéresser à ses jeux de petite fille quand une chaleur sournoise grimpa le long de mes tempes, il fallait que je me lance : «si tu me montrais ta culotte». Soudain, il y eut un blanc venu s'interposer entre nous deux, j'avais dû dire une bêtise mais je n'en étais pas sûr. Je réitérerais sans m'excuser. C'est que le chevalier en avait un peu marre de sauver la princesse pour son honneur, il avait droit à une récompense plus charnelle et après tout c'était une mission que je m'étais confiée. Devant les refus pudiques successifs de la petite fille, j'enjambais la balustrade et côté vide (2ᵉ étage quand même), je lui interjetais : «si tu ne me montres pas ta petite culotte, je me jette dans le vide». Alors là, ce fut pour elle l'estocade, tout en sanglotant, elle releva sa jupe et je vis sa petite culote blanche. Mission accomplie.

Je retournais chez moi, mon tee-shirt percé de toute part et ayant quelques remords. Je pensais être un obsédé de la chose ; comment un petit garçon pouvait-il cogiter de telles idées, lui qui ne savait pas comment l'on faisait les bébés. J'appris bien plus tard que j'avais fait quelque chose de tout à fait anodin et que la petite fille une fois adulte s'exécuterait sans qu'on ait besoin de lui demander.

En attendant, cette petite fille rapporta les faits à sa mère, qui les relata à la mienne qui les raconta à mon père. Et là ; le paternel se laissa envahir par son côté militaro-puritain et j'ai pris la première volée de ma vie. Ce fut la troisième et dernière découverte de petite culote de mon enfance.

Papa était moins absent, il pilotait moins souvent. En tenue, le mac 50 à la ceinture, tous les matins il attendait le bus de l'armée qui l'amenait au QG interarmes d'Oran.

On sentait aux comportements des militaires et celui de mon père en particulier que la fin de ce séjour arrivait à grands pas.

Parfois mon père était officier de semaine, il revenait à la maison, déconfit, vomissant dans les toilettes, j'appris plus tard qu'il devait assister comme témoin à des interrogatoires. Lui qui n'avait jamais tiré un coup de feu, lui qui ne demandait qu'à piloter, il était maintenant plongé dans les coulisses morbides de la guerre. En ville, les manifestations anti et pro françaises ainsi que les attentats se multipliaient. Chaque déplacement en ville était une prise de risque, il arrivait que nos parents nous disent de rester coucher sur le siège arrière de la voiture lorsque les trottoirs étaient envahis par une foule menaçante débordant sur la chaussée.

Un jour, en Versailles, ma mère était partie en ville avec une voisine. Elle nous raconta que dans une avenue deux voitures la précédaient, soudain la mouvance de la foule entoura le premier véhicule, le retourna, l'arrosa d'essence. Une torchère s'éleva dans la rue à une trentaine de mètres de l'auto de ma mère. Maman fut prise de panique, lâcha le volant un instant, criant, pleurant et s'attrapant les cheveux. La deuxième voiture reculait à vive allure et ma mère bloquait sa manœuvre. Heureusement sa voisine avait les nerfs plus solides. Sur leur gauche une opportunité se découvrit ; une ruelle déserte. À deux pour manier le volant, dans un crissement de pneus, la voiture s'engouffra vers cette planche de salut. Les bras et les jambes de ma mère tremblaient, elle ne savait plus si elle freinait ou accélérait. Quelques centaines de mètres plus loin le véhicule stoppa, les deux femmes enlacées se mirent à pleurer à chaudes larmes.

Un matin, notre femme de ménage Alima arriva les yeux mouillés de larmes, de vraies larmes et des larmes de gaz lacrymogène. Elle avait pris le risque de venir travailler chez nous en traversant une insurrection, elle avait pris le risque de cacher à son entourage où elle se rendait. Ce jour-là elle nous apporta un gâteau aux amandes nappé de miel. Après son départ mes sœurs et moi voulions goûter de ce gâteau et devant nous ma mère avec tristesse le mit dans la poubelle, elle craignait qu'il fût empoisonné.

Ces longs jours d'angoisse s'égrainaient. Le couvre-feu régnait du coucher du soleil jusqu'au petit matin. Un soir où nous étions au salon, nos stores de bois et les vitres volèrent en éclats. Du plâtre tombait du plafond, on venait de nous tirer dessus. Mon père éteignit les lampes en nous criant de nous coucher à terre. Nous apprenions le lendemain que la patrouille de nuit qui circulait en jeep avait abattu un chien errant sous le balcon de notre appartement situé au rez-de-chaussée.

Puis le temps défila très vite, nous fûmes prévenus à la hâte de rejoindre le port et d'embarquer direction la métropole.

Notre «coquille de noix» se nommait »le président de Cazalet». Ce bateau fut baptisé sous le nom d'un célèbre bordelais Charles Cazalet, né le 22 juin 1858 à Bordeaux et mort le 18 janvier 1933 dans cette même ville, il fut entre autres un ancien président de l'Union des sociétés de gymnastique de France (de 1896 à 1931) et le second président de la Fédération international de gymnastique (de 1924 à 1933).

Ce bateau eut une vie mouvementée, il voguait sur les lignes d'Afrique du Nord depuis août 1948. Il sera victime d'un attentat en septembre 1958. Puis réquisitionné Pour le compte de la Défense nationale, il servira en 1962 au rapatriement des troupes et de leur matériel. Il sera affrété par la Transat en mai 1964 pour la desserte de la Corse. En janvier 1967, il remplace *Ville de Tunis* et est renommé *Méditerranée* en mai. La Transat le revendra pour la croisière en 1971 à un groupe grec qui le rebaptisera *Arcadi*. Il fut démoli en 1985.

La mer était déchaînée, elle ne nous souhaitait pas bon vent, elle nous faisait savoir que l'Algérie ne voulait plus de nous. Ce départ contrairement aux pieds noirs ne fut pas un déchirement mais un soulagement d'ailleurs je ne suis jamais retourné là-bas tant ce pays est «attractif» pour le touriste. Après tout, cette contrée a une manne pétrolière et gazière et n'a pas besoin de devises touristiques il lui manque juste une ouverture d'esprit.

La mer était vengeresse mais à bord le moral était au beau fixe, les soldats de tout grade étaient à la fête et ce bateau sentait bon les chansons, la bière et la vomissure. Les tables du salon étaient amarrées sous leur plateau par des crochets fixés au sol. Mon père tapait le carton, il était un peu éméché comme tous les autres, il avait bon pied marin pour un aviateur.

La mer ne se calmait pas mais redoublait sa violence de ses monts et de ses creux, je ne connaissais pas le port qui nous accueillerait, j'entendais des clameurs annonçant que le capitaine allait mettre en panne, que nous étions déroutés.

Finalement notre destination fut Port-Vendres.

Comme il était beau ce port de France, ce port de la côte vermeille. La Costa vermilla avec ses vignes offrant leur vin vert en regardant la mer. Ces criques rocheuses abritaient de robustes barques catalanes allant aux poissons bleus. Barques rapidement supplantées avec le temps par les bateaux de plaisance.

Après la mer déchaînée nous voici au pays de Lamartine près des berges de son lac reposant. Finit la tempête de la guerre, ici tout était quiétude, tout était propice à l'écriture de l'esprit, au repos de l'âme.

Mes parents avaient le cœur léger mais la nouvelle affectation de mon père l'avait vite ramené aux réalités de son métier, c'était un pilote mais désormais un pilote de guerre qui devait transmettre ses expériences à de jeunes pilotes.

Sur la base aérienne 725 de Chambéry-Bourget du lac, il était instructeur sur hélico, il avait en charge avec ses copains de former des pilotes israéliens. Il me racontait qu'il avait eu quelques sueurs froides avec ses élèves lorsqu'il les mettait en situation périlleuse, de les surprendre en leur passant les commandes au moment voulu, lorsqu'il fallait mettre une roue au sol sur un piton rocheux large comme une table ronde, de rester en vol stationnaire quelques minutes puis de décoller. Il avait pendant ces vols des pensées bucoliques ; du haut de ce ciel de montagne, il repérait des endroits pittoresques où nous allions pique-niquer le dimanche.

Mon père était maintenant jeune capitaine, dernier grade des officiers subalternes et avait droit sur la base aérienne de manger au mess des officiers. C'est dans cet endroit que de temps en temps, mes parents expérimentaient la tenue de leurs enfants autour d'une table guindée.

Ce séjour fut pour ses potes et lui un grand moment de festivités après toutes ces années de stress et de privations. Ils sortaient et recevaient beaucoup, notre maison de Tréserve perchée au-dessus du lac respirait la joie de vivre. Les parties de friture à l'apéro à la suite desquelles je vidais les fonds de verre lorsque mes parents raccompagnaient leurs invités jusqu'au portail de la maison, les dégustations de cuisses de grenouille dans les petits restaurants calmes du bord de l'eau remplissaient ma boîte à souvenirs.

Le seul point noir au tableau fut que ma sœur Caty a failli se noyer durant ce séjour.

Mon père accompagné d'un de ses copains était assis sur une jetée et taquinait la friture. Ma mère n'était pas avec nous.

À une dizaine de mètres de là nous nous baignons sans trop savoir nager en eau douce. Ma petite sœur s'avançait, s'avançait dans le lac. Quand elle eut de l'eau jusqu'au cou, la pierre sur laquelle elle était perchée se déroba sous ses pieds et elle commença à faire le bouchon. Je revois encore ce visage de panique qui disparaissait puis touchant le fond, elle donnait une impulsion et son visage réapparaissait. La vision du va-et-vient de sa bouille d'enfant, des mouvements de ses bras frêles semblait interminable. Je voyais la mort dans ses yeux. J'appelais mon père de toutes mes forces mais la brise emportait mes cris alors je décidais de mourir avec ma sœur.

J'avançais vers elle en lui criant de ne pas ouvrir la bouche. J'avais maintenant de l'eau jusqu'aux narines et progressais le bras tendu pour attraper sa main. Il devait rester deux mètres entre elle et moi craignant à chaque instant que je ne revoie jamais plus son minois. Mes pieds ne touchaient plus le fond, je décidais de devenir poisson. Sous l'eau je réussis à toucher ses doigts puis à prendre sa main, là aurait pu être la fin.

Je savais instinctivement qu'il ne fallait pas qu'elle m'agrippe. Je me mis sur le dos et frappais des pieds la surface de l'eau. Quand j'aperçus ses épaules, je reposais mes pieds sur ce fond roulant et continuais nerveusement à reculons. Arrivés sur la grève nos petites jambes tremblaient, nous nous mîmes à pleurer, j'aurai voulu ce jour-là frapper mon père.

Notre maison à Tréserve était en pleine campagne, je pense que mes parents l'avaient choisie pour retrouver l'âme de notre beau pays. Au bout du jardin, nous pouvions apercevoir le lac, nous avions un potager, le salon avait des fenêtres en forme de hublot ;

Nous allions avec mes sœurs, à pied, à l'école primaire du village. Le trajet nous semblait long mais il ne devait y avoir que cinq cents mètres à faire pour nous y rendre.

Elle était en face de la mairie et non loin de l'église comme dans la plupart des villages de France.

La salle de classe à plusieurs niveaux d'études était séparée de celle des filles par une simple porte. Nous étions assis sur des bancs d'un seul tenant avec notre bureau de bois, dont les plateaux rainurés étaient percés au diamètre d'un encrier de porcelaine. Nous étions tous en blouse foncée, nous en avions deux, l'une nous habillait pour tous les jours, la deuxième était réservée au samedi matin ; jour de travaux manuels.

Ces matins-là, les deux salles de classe communiquaient (ce qui laissait le temps à nos deux enseignants de papoter) et nous pouvions entrevoir les filles tressant des corbeilles en osier ou œuvrant à leur broderie. Nous les gars, à l'aide de patrons nous tracions au crayon nos plaques de contre-plaqué puis munis de petites scies ressemblant à des lyres, nous les découpions minutieusement et les assemblions. La finition s'effectuait au papier de verre fin, au pyrographe et au vernis incolore. Ainsi, en fin d'année nous pûmes offrir à nos parents une collection de vaches et autres animaux de la ferme ainsi que des portes torchons.

Notre brave instituteur bedonnant avait lui aussi sa blouse grise et le code soleil ne lui interdisait pas de fumer en classe.

Il posait sa cigarette sur le coin de son bureau et prenait une craie pour écrire sur le tableau dans les différentes colonnes préalablement tracées, le travail de la demi-journée à effectuer par les différents niveaux de son assistance. Pour les grands, c'était le temps de la course au certificat d'études primaires. Il circulait entre les rangées, se penchait par-dessus nos épaules vérifiant la propreté et l'exactitude de notre travail. Parfois, il en oubliait sa cigarette et portait la craie à sa bouche ; geste conditionné que nous attendions tous pour pouvoir rigoler un peu.

J'étais au fond à proximité du poêle à bois, et m'appliquais à bien faire les pleins et les déliés. Mais bien souvent, jouant avec mon plumier je rêvais d'aventures et de voyages extraordinaires. C'est à cette époque que je découvris Jules Verne.

Dans la cour de récréation, nous étions séparés des filles par un grillage, elles avaient des blouses bleues et nous échangions quelques mots les doigts entrelacés au treillage de notre barrière. Nos différents apprentissages tournaient autour des saisons et des travaux des champs. Le matin, notre premier travail consistait à prendre une nouvelle page, d'y mentionner la date, de dessiner la frise du jour et d'écrire les deux phrases de moral inscrites sur le tableau noir. Bref, le même programme que celui de l'école d'Avor. Puis venait le moment du calcul mental, le moment de la révision de nos tables de multiplication qui étaient imprimées au dos de notre cahier. C'était ma compétition favorite pour la course aux bons points. L'instituteur se prenait pour l'animateur d'une soirée loto : «eh maintenant ! 3x8», nous étions tous à vouloir lever en premier notre véritable ardoise sur laquelle nous inscrivions le nombre à trouver. Et maintenant ! 4x9... Cette séquence était récréative pour nous comme pour lui. Nous apprenions en jouant.

Lorsque les beaux jours arrivaient, un après-midi par semaine, la classe sortait casse-croûte en poche pour une leçon de choses, un vrai cours pour naturaliste. Nous suivions notre maître à travers bois, champs et prés. Il nous parlait de chaque pierre, de chaque plante que nous lui apportions. Il nous initiait aux chants des oiseaux, à l'orientation, à faire des cabanes à fabriquer un arc avec une branche de noisetier et tant d'autres choses utiles à notre épanouissement. Ce brave instituteur laissa en moi le premier souvenir agréable de ma scolarité tant le rythme de ses leçons était soutenu, diversifié et ludique.

Ma mère devait souvent nous accompagner et nous ramener de l'école mais je garde en moi le souvenir de rentrer à pied, de tenir par la main ma plus jeune sœur et de la libérer lorsque nous étions sur ce chemin qui sentait bon la terre. Chemin qui menait à la maison, chemin du goûter, l'heure à laquelle le miel et la confiture se donnent au bon pain. Lorsque nous n'étions pas à l'école, nous étions mes sœurs et moi tout le temps dehors dans cette vaste cour de récréation sans grillage. J'avais toujours mon fidèle destrier et partais à l'aventure ma carabine à flèches en bandoulière. À l'époque je tirais sur tout ce qui bougeait ; les chats, les souris et les jambes de mes sœurs.

À propos de félin, « notre » chatte était en fait une pomponnette qui appartenait à un voisin de la ferme d'à côté mais elle avait mis bas dans notre garage. Avant que ces chatons ne disparaissent, mes sœurs assumaient leurs rôles d'aide maternelle. Elles avaient eu l'idée de vouloir encore s'amuser la nuit avec leur nurserie mais comment faire pour braver l'interdiction parentale ? Rien de plus simple pour moi. Ma mère cherchait depuis quelques jours son petit panier d'osier qui lui servait à mettre ses pinces à linge ; elle pouvait toujours le chercher, il était planqué dans notre chambre qui se trouvait à l'étage.

La nuit venue, nous lutions mes sœurs et moi contre le sommeil et quand la maison était calme, l'expédition commando pouvait commencer. J'enjambais l'embrasure de la fenêtre de notre chambre et descendais le long de la gouttière puis marchais à pas de louveteaux sur le gravier entourant la maison. Grâce à dame lune je me dirigeais vers le garage que j'ouvrais silencieusement avec la clé que j'avais quelques heures auparavant subtilisée. Je récupérais les trois petits chats assez facilement et refaisais le chemin inverse avec leur mère qui me suivait en miaulant de temps en temps. Mes parents ne se seraient pas levés pour un chat qui miaule dans la campagne. Arrivé sous la fenêtre de la chambre, mes sœurs descendaient leur panier à l'aide d'une ficelle accrochée à l'anse de ce dernier, je plaçais les chats dans la nacelle puis elles remontaient la corbeille. Le deuxième voyage était pour la mère et là je craignais, comme le panier n'était pas conforme à sa taille, qu'elle sauta de celui-ci en pleine ascension. Elle se tenait tranquille, elle suivait ses lardons.

Une fois que tout ce beau monde était dans la chambre, je remontais par la gouttière et enjambais de nouveau la fenêtre. Notre petit jeu cessait lorsqu'agacés les chats commençaient à miauler.

Je faisais savoir rapidement à mes sœurs qu'il était temps de ramener par le même chemin ces petits chats dans leur coin. Le lendemain matin je remettais les clefs du garage à leur place quant au panier, je pense que ma mère le cherche toujours.

Le loyer de cette maison qui appartenait à un boucher de Chambéry était une trop lourde charge pour la solde de mon père qui était dans l'attente d'un appartement dans la cité militaire d'Aix les Bains. Après un Xe déménagement nous emménageâmes dans ces bâtiments gris et lugubres pour lesquels je n'ai peu de souvenirs si ce n'est celui d'avoir enterré près de la voie ferrée un petit oiseau que j'avais trouvé mort et le bac à sable de la cité à la pisse de chat et à la crotte de chien, lieu de rendez-vous des mamans et des enfants.

Nous étions, après l'Afrique du Nord et la douceur de Tréserve, devenus maintenant des citadins, car pour moi Aix les Bains était une ville immense et terne.

Mes yeux d'adulte lui ont trouvé plus tard une dimension beaucoup plus positive.

L'histoire de cette contrée remonte au néolithique (entre - 5 000 et - 2 500) ou des communautés sédentaires s'installent. Les dernières fouilles des lieux semblent indiquer la présence d'une cité lacustre et ce depuis l'âge du bronze.

On trouve également en centre-ville, autour des sources thermales, les traces de son passé, les Celtes seraient passés dans le coin, ils auraient laissé leur dédicace au Dieu des sources « Borvo ».

Les historiens s'accordent à dire qu'Aix est née de ses sources d'eau à l'époque romaine, sur les restes d'un habitat celtique.

L'histoire de la période peut se résumer à l'occupation du site du centre-ville depuis le Ier siècle avant notre ère, puis par un aménagement progressif de la zone entre Ier et le IIe siècle. L'occupation semble s'être faite à partir de l'édification progressive du complexe thermal, autour duquel rayonnaient des édifices monumentaux présentés sur un système de terrasses, qui ont évolué plusieurs fois au cours de la période romaine. Si les sources chaudes furent à l'origine de l'emplacement choisi d'autres facteurs, comme la qualité du site, ont peut-être été déterminant.

Puis la petite cité passa à travers l'histoire : Moyen Âge, Renaissance... le XVIIIe dont une date restera célèbre, celle du 9 avril 1739 : un gigantesque incendie ravagea le centre-ville embrasant la moitié de la bourgade. Grâce aux subsides du roi tout fut reconstruit mais selon certaines règles d'urbanisme comme, par exemple la construction de maisons de deux étages et d'un rez-de-chaussée ; il interdisait également les toits en chaume. Toutefois il était très limité dans son périmètre puisqu'il ne concernait que le quartier incendié, soit la rue principale (rue Albert Ier), la place centrale (Place Carnot) et la rue des Bains.

Au début du XVIIe siècle, les Aixois et le monde médical sont sensibilisés à la valeur des sources d'eau chaude d'Aix, grâce aux célèbres écrits du médecin dauphinois Jean Baptiste Cabias. En effet, depuis l'antiquité l'exploitation des sources d'eau chaude n'avait jamais totalement été oubliée. On se baignait à Aix au Moyen Âge et jusqu'à la fin du XVIIIe siècle, soit dans la seule piscine romaine existant encore, à l'air libre, soit chez l'habitant où l'on se faisait apporter l'eau thermale par porteur. Le roi de France Henri IV passe pour avoir fortement apprécié son bain aixois. En 1737, afin de protéger les eaux thermales des infiltrations d'eau du ruisseau qui traversait la ville, un important chantier fut programmé par l'Intendance Générale. Cela modifia la distribution urbaine du centre-ville, puisqu'il fallut creuser un nouveau lit au ruisseau des Moulins, à l'extérieur des remparts. Il fallut aussi reconstruire les quatre moulins du marquis d'Aix, jusque-là en centre-ville, le long du nouveau canal (actuellement montée des Moulins).

C'est au duc de Chablais, fils du roi Victor Amédée III, qu'Aix doit sa renaissance, car c'est lui qui après avoir goûté au bienfait des sources et s'y être trouvé mal logé, suggéra au roi, la construction d'un établissement thermal. Par billet royal du 11 juin 1776 le roi Victor Amédée III chargea le comte de Robiland de dresser les plans d'un établissement de bains. Celui-ci fut construit de 1779 à 1783 sous la direction de l'ingénieur Capellini. Cette date marque aussi le début de la démolition de l'ancien centre-ville, car à la suite de cette construction imposante, on commença à dégager les alentours des maisons pour créer une place.

Ce premier établissement thermal devint un facteur important de développement. Pendant toute cette période et jusqu'à la Révolution, la ville accueillie un nombre à peu près stable d'environ 600 curistes l'an.

Après les différents tumultes de l'Histoire, Aix-les-Bains devient définitivement française le 22 avril 1860, année de la signature du traité de Turin et date du vote des Aixois avec 1 090 voix pour et 13 voix contre le rattachement de la Savoie à la France. Le rattachement fut symboliquement fêté par une visite officielle de Napoléon III.

C'est à la «belle époque» (1890-1914) que la ville d'Aix les Bains devient un haut lieu de la villégiature pour les familles princières et les gens fortunés et cela jusque dans les années soixante.

Comment peut-on parler d'Aix les Bains sans évoquer la reine Victoria, l'Aga Kan, Sacha Guitry et bien sûr Alfonse de Lamartine. On trouve déjà la présence du poète le 1er octobre 1816. Celui-ci relata dans certains de ses écrits son arrivée à cette ville qu'il appelle Aix en Savoie. Il logea dans une pension établie sur les hauteurs. Ce littéraire issu du courant romantique représente bien cet esprit. En effet, il sauva de la noyade sa voisine du moment, atteinte de la tuberculose Mlle Julie Charles en allant par le lac visiter Hautecombe. De là s'ensuivra une idylle éphémère et passionnée.

Pour faire de nouveau un clin d'œil au Maghreb, c'est à Aix les Bains, en septembre 1955, que se déroulèrent les négociations concernant l'indépendance du Maroc. Le président du conseil français en présence d'Edgar Faure résuma publiquement le compromis proposé au Maroc par cette interjection : « *l'indépendance dans l'interdépendance* ».

Ma mère avait pris de belles rondeurs, dans son esprit sa troisième fille était déjà parmi nous. L'hiver s'annonçait et ma gorge prenait également des rondeurs accompagnées de fièvres chroniques.

Il fut diagnostiqué une rage de dents, une angine puis quelques semaines plus tard le verdict tomba sur cette gorge tel un long couperet dénommé primo infection qui allait entraîner 18 mois de préventorium en climat héliomarin.

Ce fut donc une adénite d'origine infectieuse qui malheureusement à ses débuts n'entraîne parfois aucun symptôme. La chaîne ganglionnaire lymphatique cervicale s'enflamme. Cette adénite avait pour origine le bacille de Koch découvert par l'allemand Robert Koch en 1882 et dont le génome sera séquencé en 1998, bref une tuberculose localisée heureusement au niveau du cou. Les spécialistes la dénomment : «*adénite suppurée avec l'apparition d'adénophlegmons*». Le biotope de ce bacille pouvait se trouver dans du lait de vache mal bouilli, dans les vieux papiers peints où dans bien d'autres choses.

J'avais 11 ans, malgré mon affaiblissement je descendais jouer dehors, j'avais toujours été dehors à la lumière, je n'aimais ni les murs ni les portes seulement les fenêtres car elles étaient un regard sur le monde. Ce monde dont j'aimais la richesse des Hommes et de ses environnements. À cette période, on m'avait déjà pratiqué quelques ponctions pour me soutirer du pus, ma gorge n'était qu'un pansement. À l'extérieur mes copains me fuyaient, je me retrouvais seul au bac à sable et ma mère restait solitaire sur son banc. La tuberculose et sa rumeur avaient fait le nécessaire pour que toute la famille soit mise au ban de cette cité militaire.

Mon départ à destination de l'hôpital Renée Sabran à Giens dans le Var fut sans doute retardé car ma petite sœur n'était pas encore arrivée mais je savais qu'après sa naissance il fallait que je parte. Le 4 janvier 1964 fut un jour de joie mêlé de tristesse, la famille s'agrandissait et mon départ la réduisait. Cette séparation ressembla sans doute à celui, dans les temps, d'un jeune homme partant à la guerre.

Un jour de mars, mes parents « casèrent » leurs 3 filles chez des amis et la 404 prie le chemin de la vallée du Rhône, l'ambiance dans cette voiture devait être morose et silencieuse mais j'avais pour la première fois toute la banquette arrière pour moi tout seul. Au fil des kilomètres, les paysages changeaient aux rythmes de l'altitude et de la latitude, les montagnes étaient maintenant loin derrière nous. La présence du mont Ventoux, le défilement des vignes des oliviers, et autres arbres fruitiers, l'accent chantant des gens que nous côtoyions brièvement lors des arrêts « essence pipi » marquaient le changement radical de région.

À la hauteur du théâtre antique, non loin de l'Harmas de Jean-Henri Fabre mon père mis cap au sud-sud-est en direction de la petite bleue. Nous pouvions maintenant apercevoir l'étang de Berre que l'on peut prendre pour la mer, plus loin en contrebas sur la droite nous dépassons Marseille. Le silence pesant de mes parents m'indiquait la proximité de notre destination. Toulon, Hyères et enfin Giens.

Nous voilà devant la barrière basculante de l'hôpital, j'avais l'impression de rentrer dans une caserne toute blanche. Les formalités administratives réglées, mon père nous mena jusqu'au bâtiment étagé de larges et longs balcons. Celui qui était à gauche lorsque l'on est face à la chapelle de l'hôpital était celui des garçons, celui de droite était celui des filles.

Arpentant deux étages d'immenses escaliers on nous dirigea vers l'endroit où j'allais passer le plus clair de mon temps ; «le dortoir».

En découvrant toutes ces armoires, tous ces petits lits alignés je comprenais que cet endroit allait être le lieu de mon combat.

La vie n'est qu'un passage,
Qu'il faut combler au mieux.
Et par tous les âges,
Le chemin est caillouteux.
La vie n'est que trop belle
Avec ses typhons et ses océans bleus.
Alors, vis, suis le vent,

> Affronte la tempête.
> Puis de lauriers couronne ta tête,
> Et passe sans soucis.

Le moment tant douloureux arriva, celui que nous retardions, celui des adieux. J'avais l'impression d'être sur le quai d'une gare, mes parents par la fenêtre du train me lançaient des mots d'amour et de courage. Ma mère, en essuyant ses yeux me recommandait de bien faire ma prière du matin et du soir. À cette époque, j'en connaissais par cœur au moins trois qui pouvaient être utiles pour m'adresser aux différents services de Dieu : le « je vous salue Marie, le nôtre Père et l'acte de contrition ». Plus le train s'éloignait, plus leurs bras s'agitaient. Je sentis une main ferme se poser sur mon épaule puis une autre main sur mon autre épaule. Cette emprise me détourna de ce train fantôme pour me retrouver face à un spectre en livrée pie. Un voile serré dessinait un visage ovoïde, un sourire pincé, des petits yeux ronds de cochons tout marron. C'était « sœur B... ».

C'était peut-être une brave femme cette sœur mais lorsqu'un gamin de 12 ans porte une analyse, un jugement concernant un adulte, son rapport est assez incisif car à cet âge les propos sont construits essentiellement sur de l'émotionnel. Le temps s'est écoulé, rien y a fait mon appréciation à son sujet est restée juvénile.

Tour d'horizon de mon environnement ; une armoire, un lit, une table de nuit sur roulette qui deviendra au fil du temps mon coffre à secrets. Sur ma droite la terrasse, sur ma gauche un large couloir qui traversait le dortoir cloisonné de trois parties. Chaque fraction de cette grande chambrée devait avoir une dizaine de lits.

La première huitaine se passa assez rapidement, le temps de faire connaissance avec tous les copains du dortoir puis les jours s'allongeaient comme dans l'arctique. Toujours le même rituel ; la prise de température et de médicaments (Cortencyl et Rumifon) qui me rendaient bouffi. Le petit-déjeuner qui se prenait autour de plusieurs tables pour les valides et retour sur nos lits pour ne pas gêner les femmes de ménage dans leur travail. Une fois le sol asséché, nous faisions nos lits ou on nous les faisait suivant l'état de santé de chacun. Nous attendions assis sur nos lits, il était maintenant dix heures ; le tour des soins, avec sœur B en tête et son cortège de blouses blanches, commençait. Lorsque le regard des médecins pivotait vers moi, je savais que j'y avais droit.

Au début de mon séjour c'était un jour sur quatre, au fil des mois ce fut un jour sur deux puis tous les jours. Sur un chariot se trouvait des haricots émaillés contenant toutes sortes de seringues de verre de différents diamètres avec des aiguilles immenses, certaines étaient fines d'autres pour les ponctions étaient affreusement grosses.

Je savais que la grosse aiguille était pour moi, on me l'enfonçait dans la gorge pour en sortir un mélange de pus et de sang. Plus tard, sans doute parce que le pus était trop épais pour le diamètre de l'aiguille, je passais sur le billard pour la première fois de ma vie et là on me fit un vrai trou muni d'un drain au diamètre d'une paille de bistro.

Tous les matins, à la même heure, une blouse blanche venait me presser la gorge pour en sortir ce liquide nauséabond. La séance de pressoir se finissait par une injection dans les fesses d'un liquide qui faisait mal, sans doute de la pénicilline ou l'un de ses dérivés. Au fil des semaines mon postérieur bleuissait et cette pauvre infirmière ne savait plus où me piquer, j'appris à dormir sur le ventre.

Au début je pleurais, au fil des jours je m'endurcissais, je percevais le monde médical comme un milieu de tortionnaires auquel je n'accordais plus de larmes je m'étais maintenant habitué à serrer très fort les dents sans broncher et à regarder mes bourreaux droit dans les yeux.

Lorsque mon tour était passé, la vie pouvait reprendre son cours. J'avais deux objectifs journaliers, à tout prix rester optimiste et lutter contre l'oisiveté, occuper mon corps et surtout mon esprit. Il fallait que chaque petit plaisir devienne un grand bonheur. Je faisais régulièrement mes prières que j'adressais à mes parents, à mes sœurs, à tous ces petits camarades qui apaisaient mes souffrances car certains étaient condamnés soit à mort soit à un traitement à vie.

J'écrivais à mes parents sans doute tous les deux jours, j'attendais leur courrier, je dévorais Jules Verne, me promenais sur la terrasse et faisais du tricotin dont j'avais reçu le support et le mode d'emploi dans un colis. C'est un objet très simple : un morceau de bois personnalisé de forme plus ou moins cylindrique percé en son centre et sur toute sa longueur.

Au sommet de la figurine quatre clous étaient plantés. On enfile l'extrémité d'un fil de laine lesté par l'orifice supérieur. Côté pelote, on passe la laine autour de chaque clou pour faire une boucle autour de chacun d'eux. Une fois chaque clou «bouclé» on refait un tour de laine et muni d'une aiguille on passe la boucle par-dessus le clou pour couvrir le fil et ainsi de suite.

Cette technique est simple et peut occuper les jeunes enfants les jours de pluie s'ils n'ont pas de tablettes numériques.

Au fil des heures, se découvre lentement à l'orifice inférieur de la figurine, un boudin de laine. Lorsque je reçus ce passe-temps, je m'obligeais à l'utiliser journellement tout comme un prisonnier couvre de traits les murs de sa geôle. Ne sachant comment arrêter l'ouvrage, je continuais de tricotiner au rythme des pelotes multicolores que je recevais de ma mère. À la fin du séjour, mon tricotin mesura dix mètres soixante exactement.

Comme le jour nous avions peu d'activités physiques, l'endormissement nocturne était long et plutôt que de pleurer dans nos lits en pensant à notre famille, nous organisions la journée les thèmes de nos virées nocturnes.

Entre deux tours de garde de l'infirmière de nuit et après avoir préalablement glissé nos polochons sous les draps mimant ainsi une silhouette endormie, quelques potes et moi nous nous réunissions dans un endroit donné du dortoir. La plupart du temps ses escapades étaient limitées à jouer aux cartes tout en se délectant de confiserie et gâteaux secs envoyés par nos parents respectifs. Mais une nuit, il y eut un rendez-vous inhabituel et très instructif.

Le plus grand de tous ces petits malades devait avoir quinze ans et de bouche-à-oreille nous avions appris qu'il se masturbait. Ne sachant pas du tout de quoi il s'agissait, il nous convia d'assister en nocturne à sa démonstration. Munis de lampes de poche, autour de son lit, nous restâmes en émoi devant un sexe immense et de surcroît, poilu à sa base. De sa main qu'il appelait « la veuve poignet », dans un mouvement de va-et-vient frénétique, il malmenait son stalagmite jusqu'à ce que celui-ci éructe d'une substance blanche. Ça alors !.... ce n'était pas de l'urine mais un liquide biologique laiteux jusqu'ici inconnu.

La nuit suivante, je mis en pratique mes observations de la veille. Je me souviens que ce fut long car je n'avais à l'époque qu'un répertoire assez restreint de pensées motivantes pour ce genre de choses. Cette première expérience se termina par une douleur aiguë qui au fil de mon apprentissage s'estompa, supplantée par un plaisir nouveau et relaxant.

Il y avait parmi les pensionnaires un petit toulonnais atteint de poliomyélite la jambe gauche était très maigre par rapport à la jambe droite, il avait souvent de la visite et des colis dont certains contenaient parfois un 45 tour de Johnny ou de Sylvie. Ce garçon, avait un comportement nocturne des plus bizarres ; sur une armoire, tout au bout du couloir du dortoir, se tenait une statue de la vierge. Eh bien ! Tous les matins, une dame de service juchée sur une chaise remettait sur ses pattes la Sainte. Selon lui, elle aussi devait dormir et se reposer, alors chaque nuit, il se levait et couchait Marie au sommet de cette armoire. Personne ne cafta et ce petit manège dura des mois.

Cela faisait maintenant 3 mois que je n'avais pas vu mes parents, mais une occasion les fit venir pendant 8 jours avant d'embarquer pour nos rituelles vacances en Corse, c'était ma communion solennelle le 7 mai 1964 exactement. Mon père avait loué dans les environs un cabanon et j'eus la permission exceptionnelle de sortir de l'hôpital. Ce trajet jusqu'au cabanon me rassurait quant à l'existence d'un autre monde.

Ils me retrouvèrent gonflé par les médicaments et très affaibli. De larges pansements au cou me gênaient pour tourner la tête, pansements que l'on me changeait tous les 2 jours. Ils n'étaient sûrement pas fiers de m'avoir abandonné si loin d'eux mais les décisions médicales les rendaient sans doute impuissants et puis il fallait qu'ils prennent soin de mes trois sœurs. Ils étaient, faut le dire, un peu blindés au chagrin. Ils faisaient partie de cette génération d'adolescents qui avait connu l'occupation et ses cortèges d'angoisses, de privations et d'humiliations.

Ma mère habitait le quinzième sous l'occupation. À cette époque, elle avait assisté à l'enlèvement d'une de ses copines et de sa famille ; ce fut un 17 juillet 1942.

Direction le Vél d'Hiv (vélodrome d'hiver) avec 13 152 autres dont 4 115 enfants. Là les juifs d'origine étrangère ou considérés «apatrides» étaient séparés, parqués puis entassés dans ces trains bétaillères avec pour terminus Auschwitz ou un autre camp de concentration.

La copine de ma mère avait juste 14 ans et faisait partie du programme génocidaire nazi orchestré par Adolf Eichmann, la bénédiction de Pierre Laval et la collaboration de la police française représentée à l'époque par Messieurs Jean Leguay et René Bousquet.

Ces moments de souffrance étaient encore très frais dans l'esprit et le cœur des Français mais il fallait redresser la tête, que les femmes procréaient, que les Hommes innovent et travaillent pour que la France retrouve fière allure.

La symbolique de ce passage qu'est la communion solennelle dans la vie d'un catholique était importante, je pouvais désormais me confesser et prendre l'Ostie à la fin de la messe et le cadeau qui marquait cette étape à l'époque était la montre. Eh ! bien j'y ai eu droit moi aussi, ce fut une magnifique montre suisse dorée, de marque Galion, avec des rubis à l'intérieur.

Les autres présents me rappelaient que depuis le baptême j'étais un Chrétien et que de temps en temps, il me fallait une petite piqûre de rappel. Cette deuxième vaccination se nommait «Bible et chapelet». La Bible était assez complexe pour mon âge et même à l'heure actuelle lorsque j'en relis des passages, leurs interprétations présentes de nombreuses zones d'ombre. Mais c'est notre bouquin, une référence qui tient encore la route. Cependant, le chapelet me servit souvent, il me permettait de battre des records de prières et tout comme le tricotin, il m'occupait l'esprit et les mains.

Après le départ de mes parents et de mes sœurs la routine hospitalière s'installa de nouveau mais leur visite m'avait redonné du courage. Au fil des jours les soins se succédaient, le mercredi après-midi et le samedi matin un brave instit venait nous transmettre un peu de son savoir, je pense que je devais être en CM1 ou en CM 2 ou peut-être les deux. Je savais lire couramment, j'apprenais des poésies, je savais compter et apprenais mes tables de multiplication comme certains lisent le Coran.

Des potes partaient, de nouveaux arrivaient. Avec les « anciens » on réconfortait les bleusailles, on les mettait au parfum. L'un de mes voisins de chambrée était un garçon d'environ 15 ans qui ne bougeait pas, tout juste la tête, les yeux et un peu les mains. La nuit il me réveillait par ses feulements. Il était dans un lit à barreaux que le personnel de l'époque dénommait : » lit américain ». Ce pauvre préado fit un jour tomber de son lit un urinoir plein. Il avait dû faire bien des efforts ce paralysé pour effectuer cette manœuvre, je pense qu'il voulait par ce geste attirer simplement l'attention de quelqu'un. La femme de ménage l'insulta. Attirée par ce remue-ménage, sœur B... arriva comme une furie descendit les barreaux à glissière et tira de toutes ses forces sur ce « corps mort » pour le mettre à terre, dans son urine. Bien qu'étant petit et pas au mieux de ma forme, ce jour-là, j'eus envie de la tuer. Ce n'était pas le moment mais je savais qu'un jour, j'aurai une occasion de le faire.

Lorsqu'elle ne criait pas après quelqu'un, elle parcourait les couloirs de l'hôpital, lisant la Bible d'un pas militaire, les lèvres pincées, jamais un sourire. Elle mangeait du Christ et chiait Satan.

Dans cette région de France l'ensoleillement et l'iode ne font pas défaut. Ainsi, aux beaux jours sœur B... nous amenait à notre plage privée. Garni de mes pansements je ne pouvais que regarder les autres se baigner. Je devais rester assis sur le sable et quand elle détournait son attention, je m'échappais. J'allais explorer la jungle environnante dénichant quelques criquets, observant les insectes terriens se faire piéger par la larve de fourmi-lion. Je transformais l'extrémité d'une herbe souple et de grande taille en un lasso avec lequel je chassais les «dinosaures» modernes. Pas le lézard ocellé trop farouche mais le petit lézard des murailles, curieux et paressant sur les pierres. Lorsque j'en avais pris un, Je le maintenais au creux de ma main et le mettais sur le dos en faisant bien attention à sa queue. Puis je lui caressais l'abdomen, ce massage l'immobilisait. Quand mon observation se terminait, je posais ma main ouverte au sol, il reprenait ses esprits et détalait pour se mettre à couvert.

Parfois la leçon de choses était plus cruelle mais réaliste. Lorsque je tombais nez à nez avec une grande toile d'Argiope, je capturais un criquet ou un papillon et lançais l'infortuné dans le piège. L'araignée à la livrée de tigresse se jetait sur lui, l'emmaillotait, le piquait de ses mâchoires - seringue et retournait à son poste de guet.

Un après-midi, mes pas furent guidés par des couinements. Me dirigeant à l'oreille les râles se firent plus précis puis soulevant les branches basses d'un buisson j'aperçus dans l'ombre deux pierres qui bougeaient. Écartant davantage les branches, laissant entrer la lumière, je découvris deux tortues en train de s'accoupler. À leurs carapaces bosselées et ornées de larges écailles, cela ne faisait pas l'ombre d'un doute, j'avais affaire à deux tortues d'Hermann.

Mes escapades ne devaient durer pas plus d'un quart d'heure, car à chaque fois mon prénom retentissait me rappelant que je devais être à moins de dix pas de ma gardienne.

Une fois le postérieur dans le sable, le bob sur la tête, je pensais à Fort de l'eau tout en jouant avec le sable fin qui s'écoulait d'une main à l'autre et me faisait passer le temps.

Le sablier

On le tourne, le retourne.
Le sable roule et coule jusqu'à sa moitié.
Moment fugace de son stade parfait,
de son équilibre, nous sommes aux aguets.
Le mettre plan arrêterait le temps,
modifierait son équilibre incertain.
Il deviendrait banal le joli sable blanc.
Talisman féminin vivant d'un tournemain.

Grain par grain, il coule dans son écrin,
nous l'observons et l'écoutons chanter.
Particules de bonheur, gouttes de moulin
aliénant le cœur et nous faisant rêver.

On pourrait mettre nos mains en cornet,
le laisser filer, caressant nos doigts
mais le vent emporterait ce chapelet,
féminité errante d'une vie sans joie.

Retournons savamment ces beaux ciboires.
Approchons les secrets de leurs allégories.
Écoutons s'écouler ces dunes d'espoir
à l'abri du vent et des intempéries.

La dernière angoisse que m'a procurée cet hôpital fut le jour où une séance de cinéma était au programme. Le film en était : « le ballon rouge » (palme d'Or à Cannes en 1956), j'allais pouvoir sortir de ce dortoir et aller au cinéma comme dans les villes. Tous les enfants étaient surexcités.

Nous devions nous soumettre à deux prises de température journalière et vers les 9 heures j'avais un petit 37,8°. Le verdict tomba tel un couperet : « tu ne pourras pas aller à la séance de cet après-midi » m'annonça l'infirmière. Les heures passèrent dans la tristesse et la résignation. Le moment venu le dortoir se vida rapidement et je restais seul assis sur le lit avec mon copain le tricotin.

Un trop-plein m'envahit, je ne pouvais maintenant retenir mes larmes qui devinrent des sanglots nerveux que je n'arrivais pas à maîtriser moi qui m'étais pourtant endurci.

Alertée par mes pleurs, l'infirmière vint à mes côtés pour me consoler, je lui promettais que ce soir je n'aurais plus de fièvre que je ne pouvais plus supporter ce dortoir. J'ai dû sûrement invoquer d'autres arguments car elle finit par céder et me laissa partir. Je courus comme un fou à travers les couloirs dévalant les escaliers pour rejoindre un autre bâtiment où se trouvait la salle de projection. Mes petites jambes amaigries me faisaient mal, il y avait longtemps que je n'avais pas couru.

Lorsque j'entrouvris la porte de la salle aménagée pour l'occasion en salle de cinéma, je découvris plein d'enfants, des filles et des garçons qui regardaient religieusement le film qui venait de commencer.

Quelques instants plus tard, je comprenais que ce petit héros prénommé Pascal, c'était moi. Je n'étais plus dans la salle, j'étais à l'écran. C'était moi ce petit poulbot qui aimait grimper partout, c'était moi qui cherchais un compagnon d'aventures. Je l'avais enfin trouvé cet ami magique, je pouvais lui parler, me confier, le protéger des dangers de la ville tant il était fragile le «ballon rouge».

Plus notre histoire avançait plus nous devenions complices. Le monde qui nous entourait était semé d'embûches que l'on nomme ; jalousie, envie et surtout ignorance. Le monde humain ne supportait plus notre bonheur. Puis il mourut exécuté, lapidé par un peuple

d'enfants. Il devait le savoir mon ami que l'histoire se finirait ainsi tant il était fragile et vertueux et à son dernier souffle il me légua des milliers de ballons d'espoir. Son message était clair pour moi, il m'envoyait tous ses amis pour qu'ils fussent miens et m'emporter vers un monde meilleur.

Ce film devait être prémonitoire car quelques jours plus tard, un grand professeur venu de Lyon vint faire une inspection dans notre service. Il devait être aussi là pour remonter les bretelles à certains du staff médical. Il fit un tri parmi les petits malades et je fus dans le lot des chanceux ; j'allais partir.

J'allais partir vers un autre hôpital, l'hôpital d'Édouard Herriot mais qu'importe, je quittais ces lieux.

Un train couchette médicalisé nous était offert. Le jour venu, il régnait une grande frénésie dans le dortoir, ma chère petite valise que j'embrassais sur toutes ses faces allait reprendre du service. Je la remplissais à la va-vite et dis ces mots à mon tricotin : «merci mon copain à nous la liberté».

Avant de partir, j'avais un compte à régler avec la sœur B... la rancœur m'aveuglait toujours.

Dans l'escalier du bâtiment c'était la cohue, je guettais ma proie, je réussis à me faufiler derrière elle et feignant de trébucher je l'ai poussé dans les escaliers. Heureusement pour elle, il ne restait que deux marches et elle ne fit que s'affaler sur le palier. Ses grommellements me satisfairent, le petit tétraplégique qu'elle avait fait tomber de son lit était vengé.

Après une dernière intervention chirurgicale et trois semaines de convalescence l'heure des mamans était enfin venue. Avec quelques camarades nous étions assis sur un banc de bois chacun sa valise entre les jambes. Toute personne sans blouse blanche qui passait dans le couloir détournait notre regard. Je vis un à un les copains partir avec leurs parents dans des flots d'allégresse. J'étais maintenant seul avec le temps. Le temps présent est un temps durant lequel on ne fait pas de projet et qui ne laisse point de place au passé. Une blouse blanche vint vers moi : « où habitent tes parents mon garçon ? » ; « A Baden Baden, m'sieur, en Allemagne, dans une cité militaire et notre bâtiment s'appelle *étoile* » ; et de rajouter : » je sais y aller, vous savez, j'ai déjà pris le train et le bus tout seul ». Il esquissa un sourire et s'éloigna.

J'avais les mains moites, la nuit commençait à tomber avec son cortège d'angoisses. Mon temps présent dura 4 heures.

Au comble du désespoir, j'aperçus au fond du couloir une femme brune dans une robe à pois en train de courir, plus elle s'approchait plus je distinguais son visage rougi par les larmes puis ce fut le contact d'une étreinte de mère heureuse de me retrouver et se sentant coupable.

Pendant qu'elle me narrait la panne de la voiture, j'aperçus un homme avançant d'un pas lent mais ce n'était pas la silhouette de mon père. Pour des raisons de service, il n'avait pu faire le déplacement et avait délégué un de ses amis pour accompagner ma mère.

Après cette journée interminable, nous effectuâmes le trajet de nuit et au petit matin, nous arrivâmes dans une cité militaire française de Baden-Baden en Allemagne.

Mon père avait été muté, sans doute sur sa demande, dans la zone des forces françaises en Allemagne anciennement dénommée «T.A.O» (troupes d'occupation en Allemagne) après l'armistice du 8 mai 1945.

En effet depuis cette époque l'Allemagne était divisée en 4 zones ; les Américains, les Russes, les Anglais et les Français. Ces derniers occupaient la zone frontalière entre l'Allemagne et la France. En 1950, la France met fin à son» occupation» et les T.A.O sont rebaptisées F.F.A (forces françaises en Allemagne).

Puis un traité est signé le 22 janvier 1963 entre le général De Gaulle et le chancelier Adenauer scellant officiellement la réconciliation entre les deux peuples.

Les relations entre les deux pays s'améliorent et l'on assiste dès cette date à de nombreux jumelages entre les villes françaises et les villes ouest-allemandes.

Voilà donc pourquoi la famille Faivre était chez les «Teutons».

Parmi les cinq cités françaises, nous habitions la cité «Paris» et notre bâtiment portait le nom «étoile».

Cités qui furent démolies à partir de la fin 2003 et faire place à des terrains de construction pour de jeunes foyers de la contrée.

Le temps des retrouvailles avec mes sœurs fut intense, je les retrouvais enfin. Comme elles m'avaient manqué ! Combien de fois avais-je prié pour elles dans ce lit d'hôpital ! Combien de fois avais-je pensé à leurs visages ! De peur qu'ils ne s'estompent.

Valérie trottait partout, Jocelyne et Catherine quittaient doucement l'enfance. Je retrouvais mon statut de « chef des enfants » prêt à les entraîner dans mes aventures de Peter Pan et de Tom Sawyer. L'appartement était vaste et toutes les pièces hormis la cuisine étaient parquetées, j'avais vite remarqué que nous étions au rez-de-chaussée, j'y voyais un grand avantage concernant les issues de sortie. Derrière le bâtiment se trouvait une esplanade de verdure avec en son centre un immense espace de terre battue. La cité jouxtait une magnifique forêt : tous les ingrédients étaient là pour passer un excellent séjour en forêt noire.

Nous avions une femme de ménage du pays qui venait deux fois par semaine à la maison et parfois, elle est ma mère se houspillaient à la vue de certains dictyoptères et coléoptères.

À chaque fois que cette brave dame voyait un cafard dans la maison, elle s'exclamait « oh le petit Französe ! » Après quelques semaines d'exclamations à répétition ma mère lui demanda d'où provenait cette ressemblance animalière assez repoussante pour la plupart des gens. « C'est comme cela que nous appelions les Français durant la guerre » et ma mère de lui rétorquer « eh bien vous, on vous appelait les doryphores car vous mangiez nos patates ».

Bref, l'heure de la réconciliation populaire avec cette génération n'était pas encore au rendez-vous. Ma mère allait plus loin dans ses souvenirs sarcastiques en nous disant que dans la rue, à chaque fois qu'elle voyait un Allemand, elle l'imaginait avec son casque à pointe.

Il faut dire qu'avec les conflits de 1870, 1914, 1940, les cerveaux de ces deux pays n'étaient pas près d'être lavés.

Arrivé vers le mois d'avril, mes parents m'inscrivirent dans l'école primaire française du coin dont l'instituteur avait un fort accent alsacien comme beaucoup d'autres enseignants dans le primaire et le secondaire ; pour ces frontaliers ces postes à l'étranger étaient fort intéressants financièrement sans trop les éloigner de leur terre natale.

Ce dernier demi-trimestre ne me laisse guère de souvenirs sinon que je connus mon premier amour platonique malgré mes balafres, lesquelles m'avaient valu d'ailleurs quelques petites bagarres. Chez les garçons, à ces âges, la diplomatie et la compassion n'existent pas et les brimades allaient bon train.

Avec ma dulcinée de 6e aux rondeurs naissantes, nous nous étions installés dans la vie d'un petit couple, nous étions ensemble quand nous pouvions l'être. Nous allions aux économats de l'armée faire les courses de nos parents, faisions de grandes promenades en forêt, tout cela dans un romantisme le plus total et devions nous marier quand nous serions plus grands. Enfin, c'est ce que j'éprouvais, moi qui avais manqué d'affection pendant presque deux ans. Mais la petite dont l'esprit devait battre la campagne de temps en temps avait une autre idée en tête ; celle de flirter et je n'ai rien vu venir.

L'armée française vivait pratiquement en autarcie et bénéficiait entre autres d'une salle de projection dans laquelle m'avait entraîné ma chérie. Il faisait jour, la salle était vide et sombre, seul l'écran reflétait une lumière pâle venant de la porte restée entrouverte. Elle m'entraîna derrière cette toile tendue par des sandeaux à la manière d'un trampoline.

Le passage était fort étroit et là, à ma grande surprise elle m'enlaça et m'embrassa d'un vrai baisé. Elle m'incita à caresser sa poitrine immature. C'était la première fois que je touchais une fille de cette manière, mes tempes vibraient, je ne savais plus que donner à mes mains tant elles étaient heureuses. Pourtant je me sentais coupable pensant que ce genre de choses ne se faisait pas, que j'étais dans le péché, que j'avais pris une rouste mémorable par mon père à ce sujet (la deuxième petite culotte, rappelez-vous...). Je ne savais pas à l'époque que les amours étaient éphémères ; elle me le fit comprendre et quelques jours plus tard notre idylle prit fin.

À l'école, J'étais devenu presque illettré mais comme j'avais des circonstances atténuantes, on m'offrit mon passage en 6e, mes parents promettant à l'instituteur que j'allais rattraper mon retard pendant les grandes vacances.

Ils avaient simplement oublié de stipuler que celles-ci se passaient dans mon île : »la Corse» et que le travail là-bas ne s'effectue que par nécessité et je ne pensais pas du tout que celui-ci devait entraver mon séjour estival dans le paradis des enfants. Ce voyage se passa au mois d'août mais en attendant, il y avait le mois de juillet.

Les jours de juillet se sont égrainés dans cette belle ville thermale de Baden-Baden. Ma mère avait acheté des cahiers de vacances qui en ces circonstances s'avéraient être nécessaires et tous les matins j'étais au tripalium.

Combien était difficile l'apprentissage des proportionnalités, des fractions, des problèmes d'intervalles, des vases communicants et des baignoires qui fuies. Le rabâchage des tables de multiplication sur un air de rengaine. Sans parler de l'orthographe et de la grammaire qui sont bien compliquées dans notre langue. Je ne m'intéressais qu'au cours de leçons de choses dont j'ai toujours gardé les livres (ceux-ci, l'école ne les revoyait jamais en fin d'année). Le premier était celui de la classe de 8e, l'actuel CM1. La trace écrite de ces livres était de véritables dictées poétiques, ils abordaient déjà la notion de programmes transversaux avec dans leurs textes et leurs illustrations de multiples passerelles vers les autres matières.

Ils traitaient de thèmes de la vie quotidienne avec les saisons en toile de fond, on y étudiait le chocolat, le café, la gueule-de-loup, l'éponge végétale, l'abeille, le coquelicot, le verre, le plâtre, le chien, le corps humain, l'eau, le thermomètre à alcool et tant d'autres leçons.

Ce livre en avait une soixantaine. Ce manuel, avec lequel je ne m'ennuyais jamais, avait été écrit par M. A. Godier et M. Mme Moreau à qui je rends hommage aujourd'hui d'avoir avec J. Vernes aiguisé ma curiosité naturelle. Ces leçons successives ne semblaient pas structurées, ne semblaient pas faire partie d'un contexte global de l'année en cours mais elles avaient la magie d'accrocher un gamin dans le domaine de ses aspirations naturelles.

Les après-midi, j'avais quartier libre et avec mes sœurs, nous étions souvent fourrés en forêt dans laquelle sous ma protection nous nous prenions pour des explorateurs. Il y avait notamment un endroit que nous avions baptisé : «le parcours de la mort». C'était un talus vertical long d'une vingtaine de mètres dont les racines des arbres étaient apparentes et nous parcourions ce talus de racine en racine, c'était notre itinéraire» accrobranches».

Quand je n'étais pas en forêt, j'investissais avec les copains le terrain vague derrière le bâtiment. Pour ma mère c'était sécurisant car elle pouvait nous voir par la fenêtre du salon.

À nos âges, ce terrain était assez vaste pour être un terrain de rugby. Mais à un terrain de rugby, il lui faut des perches. Cette pensée logique devait se matérialiser et pour cela chacun d'entre nous alla s'enquérir discrètement de haches et de scies à bois dans la cave de nos parents respectifs.

Puis la petite troupe de bûcherons s'engageait dans la forêt car c'est là que l'on trouve du bois. Tous ces petits nains se mettaient au travail, il nous fallait 4 mâts et 2 gaules d'un bon diamètre.

La besogne terminée nous portions, les poteaux sur nos épaules et passions en toute candeur devant les pavillons allemands jouxtant notre cité.

Nous venions tout juste de finir de creuser les trous pour les perches que nous vîmes venir à nous une voiture blanche et verte sur laquelle était inscrit le mot «polizeï». Au fur et à mesure que la voiture s'approchait, les copains détalaient comme des lapins sauf un, moi.

Je crois que je ne suis pas parti parce que je n'avais pas peur mais je me sentais responsable, c'était moi qui avais eu l'initiative de ce projet. Ne parlant pas l'allemand et l'agent ne parlant pas le français, il était difficile de se comprendre mais j'avais perçu deux mots dans ce dialogue de sourds «fater» et l'autre plus facile car couramment employé «verbotten».

Les Allemands déjà à cette époque ne plaisantaient pas trop avec la forêt qu'ils arpentaient avec beaucoup de respect, habillés de culottes de cuir inusables. Bien avant nous, les Teutons avaient pris conscience de la notion d'écologie. Ce mot qui comme celui de «bio» sont maintenant employés à toutes les sauces en fonction des intérêts de chacun. La discipline légendaire de ce peuple montrait bien qu'il n'avait pas du tout la fibre latine à laquelle nous sommes culturellement très attachés. Les Allemands chez eux, ne s'amusent que sur autorisations, celles de la fête de la bière à Munich et le carnaval. Le reste de l'année la consigne dominante est «arbeite».

Comme l'Allemagne n'est pas vraiment un pays rugbystique, cette petite mésaventure se solda par la confiscation des perches et bien sûr d'une amende. Papa était solvable, pas moi.

Comme mes parents me dénommaient souvent « sirop de la rue », la punition qui me touchait le plus était d'être privé de sortie.

Quelques jours plus tard je pus de nouveau profiter du bon air et ma mère était contente de ne plus m'avoir dans ses pattes. Avec les copains nous avions trouvé une occupation ludique plus calme, celle de faire des circuits dans la terre à l'aide de planchettes et de balayettes.

Nous passions des heures à bichonner notre œuvre. Le circuit terminé avec les conseils des filles nous placions nos équipes de cyclistes miniatures et munis d'une bille nous faisions avancer ces inertes sportifs. Cette occupation dura bien jusqu'au 14 juillet jour de notre fête nationale. Les pétards à l'époque étaient en vente libre et les parents nous donnaient quelques sous pour les dépenser de manière éphémère. La seule qui était économe parmi nous mais pas radine était ma sœur Jocelyne. J'avais réussi à la convaincre de casser sa tirelire pour compléter notre collection de pétards et c'est avec une certaine amertume qu'elle entendait son argent partir en fumée, elle m'en a voulu longtemps.

Puis le mois d'août arriva et nous partîmes au village. Village Corse en cul-de-sac avec sa place en terre battue couronnée de platanes, sa fontaine, son monument aux morts et son église. Une fois arrivés, nous devenions rapidement de vraies chèvres et avions pratiquement tout le droit de faire : aller à la rivière, chaparder des fruits, explorer le couvent abandonné, faire des escapades dans les montagnes environnantes, s'empiffrer de glace, de jouer au baby-foot qui était installé près du monument au mort et tant d'autres choses.

Dans ce nid d'aigle comme dans tous les villages corses plane un respect institutionnel pour les «vieux» et les enfants. Je n'ai jamais vu un adulte lever la main sur un enfant, nul ne les gronde, tout le monde les surveille attentif à leur moindre bobo.

Les seules contraintes que nous avions étaient d'aller le matin chercher de l'eau à la fontaine, de respecter l'heure des repas et le soir de rentrer lorsque le clocher sonnait 22 heures. À cinquante mètres de la maison se trouvait une autre fontaine qui donnait un filet d'eau venu de la montagne ; la «budulacce».

Outre son eau fraîche et cristalline cet endroit ombragé était un lieu de communication pour les enfants du village. Les gosses étaient assis sur une margelle et chacun attendait son tour en discutant ou jouant à s'asperger et pendant ce temps, les mamans attendaient leur eau.

Parfois il fallait attendre plus longtemps pour remplir nos bidons car une vache ou un âne venaient eux aussi étancher leur soif.

Un jour, comme tous les matins, en m'approchant de cette fontaine, muni de mes deux bidons, j'entendis des couinements de détresse. Avançant à pas de loup, rentrant dans la pénombre, mes yeux s'adaptant à la faible clarté, je cherchais d'où venaient ces cris. Mon regard fut attiré par des pieds de menthe en train de bouger et je vis une pauvre grenouille se faisant tirer la patte arrière par une belle couleuvre verte et jaune. Les dents de l'ophidien étant bien recourbées vers le fond de la bouche, l'anoure était condamné à une mort certaine. À l'époque, ma sensibilité était plus grande que mon appréciation scientifique de la prédation aussi à l'aide d'un bâton, je chassais la couleuvre.

Après avoir livré les bidons d'eau à ma mère, je pouvais aller jouer mais j'avais pour consigne comme les autres enfants de ramener le pain. Lorsque le klaxon du «tragulinu» (marchand ambulant en français) se faisait entendre, les gens sortaient de l'ombre pour faire leurs courses mais aussi pour discuter. Il y avait différents «tragulinu»; celui du pain et des pâtisseries, des fruits et légumes, des vêtements, du poisson... sauf le «tragulinu» de la viande puisque le boucher était du village.

Lorsque doucement, l'heure du repas de «midi» arrivait et que le soleil commençait à bien plomber nous regagnions chacun notre maison, mais nous étions peu motivés pour manger. La plupart du temps nous nous mettions à table sans appétit car pour rejoindre la demeure, nous croisions toujours «des mamies» sur le pas de leur porte nous invitant à déguster des beignets, des frigettes, des tartes aux blettes ou des tranches de melon.

Le repas était donc vite expédié puis venait l'heure de la sacro-sainte SIESTE. Moment de la journée très important chez les Corses. On ne dérange pas à l'heure de la sieste, on ne téléphone pas à l'heure de la sieste, les oiseaux ne chantent plus à l'heure de la sieste et même les vaches on ne les ennuie pas à l'heure de la sieste car elles aussi, elles se reposent.

On conditionne très tôt les enfants à ce rituel bienfaiteur. Et ceux, qui pour une raison ou une autre, ne pratiquent pas cet acte médical, doivent religieusement respecter ce moment.

Après la sieste ma tante me donnait une tartine de pain à peine grillée, nappée d'un filet d'huile d'olive et décorée de quelques anchois, histoire de bien commencer la deuxième partie de la journée. Sachant bien que celle-ci pouvait se terminer tard dans la nuit.

Donc, la vie de tous les jours en périodes estivales comprenait deux périodes : «l'avant sieste et l'après sieste».

On pouvait après ce moment délectable plus ou moins long s'enquérir auprès des amis, sur la place, si leur sieste avait été bénéfique ou non. Souvent lorsque la sieste de quelqu'un avait été perturbée, la deuxième partie de la journée s'annonçait très mal.

Mais parfois, pour des raisons impérieuses, je dérogeais à cette règle et même j'avoue avoir profané ce moment en réveillant de braves gens ; je m'en excuse aujourd'hui.

Il nous arrivait avec les copains de quitter discrètement le village pour une partie de truites. La sieste était le moment idéal car la Corse dormait et elle n'était pas non plus une heure pour les gendarmes qui débarquaient de temps en temps en jeep sur la place du village.

Nous remontions la rivière d'Omessa, pour une promenade digestive jusqu'à Tralonca. Là nous faisions les imbéciles à la fontaine du village. Nous faisions sonner ses cloches pour réveiller les gens puis nous détalions par le même chemin jusqu'à atteindre la rivière.

Dès ce moment débutait la pêche. Parmi nous il y avait un spécialiste du genre qui connaissait tous les cailloux du cours d'eau, il aurait même pu appeler les truites par leur prénom. Il nous indiquait les endroits où il y en avait. Nous glissions nos mains sous les rochers, nous enfoncions nos bras dans les trous des berges, les truites étaient au frais comme tout le monde ; sauf nous.

Quelle belle sensation que de chatouiller le corps glissant de la truite. De nos doigts nous remontions son corps sans le serrer sinon elle partait comme une savonnette et arrivé à la hauteur des ouïes, entre le pouce et l'index on serrait notre poisson. Parfois votre main entourait un corps cylindrique et sec, c'était un serpent... .

Nous avions décidé d'attraper huit truites car nous étions quatre et à 17 heures nous n'avions pas encore notre quota. Sous les directives du spécialiste, nous érigions de petits barrages en amont d'une onde faits de pierres de mousse et de terre. Cette grande bassine se vidait doucement, nous récupérions nos farios et pour remettre la rivière en ordre, nous détruisions nos petits barrages. Après, il suffisait d'effeuiller une longue fougère, de glisser la tige par les ouïes de chaque truite et de la faire ressortir par la bouche. On attachait cette guirlande de truites autour de nos poitrines, nous enfilions notre chemisette par-dessus et le tour était joué.

Nous rentrions au village en évitant la place et chacun chez soi jusqu'à la nuit. En arrivant à la maison, mon oncle et ma tante étaient réveillés et grande était ma joie en arborant ma pêche de leur dire : «j'ai votre repas du soir».

Bien sûr me direz-vous :» cette pratique est du braconnage». Je vous répondrais aussi sec : «je considère deux sortes de braconnage le premier au niveau de la loi et l'autre vis-à-vis de la nature». Nous, nous ne respections pas la première mais la deuxième interprétation de ce mot.

Nous n'avons jamais utilisé de bâtons de nitrate d'ammonium, de filets et encore moins de javel. Nous ne remplissions pas nos congélateurs (rares à l'époque), nous ne vendions pas aux restaurateurs. Nous occupions simplement une saine après-midi à jouer aux trappeurs et faisions plaisir à nos » vieux ».

Le soir après le repas, c'était l'heure de la promenade villageoise pour les plus âgées c'est-à-dire à partir de la trentaine. Nous les plus jeunes nous retournions à nos jeux dont le foot sur la place du village avec comme » cage » de but la porte de la cave d'une maison mal placée.

Nous récupérions des sous d'un peu partout pour nous empiffrer de bonbons et de glaces.

Si toutefois il manquait quelques pièces, on s'empressait de régler notre dû le lendemain. D'autres fois, toujours à l'heure de la sieste nous avions rendez-vous avec les jeunes du hameau voisin pour une partie de foot musclée. Puis nous nous baignions dans le Golo et remontions vers les 18 heures au village en s'arrêtant régulièrement pour nous régaler de mûres, de prunes et de figues que nous chapardions dans les jardins. Tous ces moments chaleureux et fraternels resserraient notre appartenance au village et bonifiaient notre identité.

Comme l'on dit : » toutes les bonnes choses ont une fin ».

L'heure du départ pour le continent arriva. En Corse les adieux se passent en plusieurs temps. Tout d'abord au village où nous saluons tout le monde. Puis, ce trajet dans une voiture muette jusqu'à L'Île Rousse ou Bastia durant lequel on regarde tout ce que l'on peut garder. Enfin arrive l'heure de l'embarquement avec ses odeurs d'huile et de gaz d'échappement. Le port s'éloigne, le soleil se cache et la côte nocturne défile avec toutes les guirlandes du cap. Passé la « Giraglia » le bruit des vagues sur la coque n'est plus le même ; nous ne sommes plus en Corse.

La rentrée de 6e est maintenant bien là, sous le ciel d'outre-rhin. Le collège et le lycée formaient un établissement immense. J'avais désormais plusieurs classes et au moins huit professeurs. Mes adaptations géographiques et sociales se sont faites rapidement, quant au reste c'était pour moi du latin. Ma sœur Jocelyne ayant 2 ans d'avance et moi quelques-uns de retard, nous nous sommes retrouvés dans la même classe. Mis à part ce petit complexe, cela devint fort commode car elle me faisait les devoirs de français et d'allemand et moi je lui bidouillais les devoirs de mathématiques.

Je ne me souviens que de peu de chose de cette année scolaire comme quelqu'un qui part visiter un pays avec le Club Med.

La salle de musique était un petit amphithéâtre bondé avec plus de bruit que d'harmonie. Un vieux professeur d'histoire géographie était vissé sur son fauteuil et son cours se résumait à une dictée de cinquante minutes.

Une prof de français, la seule, avait signalé à mes parents qu'il ne fallait pas qu'ils perdent espoir car j'avais «l'œil intelligent et l'esprit vif». (Si un jour je choisis un animal domestique, je ferai attention à ces critères.)

J'avais bien sûr des bulletins désastreux ornés de colliers de perles en dictée. Il faut dire que j'ai connu l'époque des 4 fautes = O, puis des 5 fautes = O. Pour moi, cela ne changeait pas grand-chose vu que j'en faisais au moins deux par phrase.

Tout ce monde d'adultes cherchant le coupable de mon échec scolaire et de mon aversion pour l'école me fit consulter d'éminents psychologues à Strasbourg.

Après une demi-journée de tests en tout genre, ils conclurent que mes problèmes s'estomperaient le jour où mes parents investiraient dans l'achat d'un chien (comprenne qui pourra).

En mai-juin on apprit à mes parents que ce bel établissement public symbole de l'éducation et vitrine du savoir français à l'étranger ne pourrait plus m'accueillir l'année prochaine.

La «bienveillance» de l'éducation nationale avait des limites assez strictes à l'époque concernant les difficultés scolaires d'un enfant.

On ne laissa donc pas le choix à mes parents qui durent m'inscrire dans le privé.

L'enseignement privé n'est pas à rejeter, il propose autre chose mais de payant.

La plupart des établissements privés sont reconnus et reçoivent des subventions de l'état.

Les parents paient un contrat imposé par l'école privée, contrat qui n'a rien à voir avec le règlement intérieur d'un établissement public qui lui est gratuit et que personne ne lit... L'enseignement public ouvre les portes du savoir à tous et dans une stricte laïcité, l'enseignement privé récupère les laissés-pour-compte qui ont les moyens.

Le public me laissait au bord du chemin, le privé me récupérait moyennant finances.

L'établissement choisi fut l'institut St Laurent chez les frères maristes à Lagny sur Marne.

Pourquoi cette option ? Parce qu'à Montfermeil dans le 93, se trouvait ma résidence du week-end. Là, rue des rosiers vivaient la mère de mon père, son frère et sa sœur avec son fils. Tout ce petit monde était sous le même toit.

À la fin août, je fis donc la connaissance de personnes que je n'avais jamais vues auparavant ; la famille de mon père. J'avais l'impression d'être une certaine Cosette que l'on dépose comme un petit paquet après s'être entendu sur le versement des frais d'hébergement.

L'extérieur de la maison était aussi accueillant que la famille, faute de moyen la façade était restée inachevée, constituée de briques creuses apparentes liées au ciment brut. Je me rendis compte plus tard que l'argent avait souvent manqué à cette famille dont mon père était le dernier de huit enfants.

L'accueil ne fut pas du genre méditerranéen, il faut dire que la grand-mère était un pur produit du Jura suisse et j'ai dû mettre un moment pour me familiariser avec son accent. C'était une brave veuve au dos voûté qui devait mesurer 1,40 m. Quant à ma tante et à mon oncle, ils étaient sûrement gentils mais sans relief. Je m'aperçus très vite que la communication n'était pas le point fort de la famille. Je fis également la connaissance de mon cousin germain qui avait 2 à 3 ans de plus que moi et qui fréquentait l'institut St Laurent.

Une nouvelle séparation difficile avec ma famille se profilait. Je savais que durant l'année scolaire 65/66, c'est-à-dire à 13/14 ans je ne la reverrais qu'aux vacances de Noël et de Pâques.

Début septembre, à la veille de la rentrée scolaire, mes parents m'accompagnèrent à ma nouvelle «prison». Un établissement «bourgeois» fondé en 1854 au long pedigree historique. J'avais quitté les robes noires ou blanches à 10 plis et les coiffes des bonnes sœurs de l'hôpital pour retrouver les soutanes des frères maristes.

Les formalités administratives bouclées, le frère directeur nous invita à aller au dortoir pour ranger mes affaires.

Chaque trousseau de pensionnaire se composait de 87 pièces, toutes estampillées de notre division et de notre nom.

<u>Le trousseau</u>
1 complet uniforme bleu marine
2 couvertures ou couvre-pieds
1 pardessus bleu marine
2 paires de chaussures fortes
1 complet au choix pour la semaine
1 paire de chaussons pour le dortoir
6 chemises de jour
4 pyjamas - 6 caleçons
1 paire de «basket» pour la gymnastique
12 mouchoirs de poche
6 blouses ou tabliers obligatoires pour les élèves jeunes
6 serviettes de table
6 serviettes de toilette
1 nécessaire de toilette

6 gants de toilette
1 petite valise pour les sorties
6 paires de bas ou chaussettes de laine
1 nécessaire à chaussures
6 paires de bas ou chaussettes de coton
2 ou 3 portemanteaux
2 tricots pour l'hiver
2 shorts de couleur au choix pour la gymnastique
1 paire de gants de cuir
1 short blanc pour la fête sportive
6 tricots de corps
1 loup de mer blanc, à manches courtes, pour la fête sportive
3 paires de draps (2,80 x 1,60)

On trouvera l'uniforme et tous les articles du trousseau à «La Belle Jardinière», 2 Rue du Pont-Neuf à Paris.

Pour moi ce n'était pas un trousseau mais un paquetage de soldat ou de prisonnier.

Ce lugubre dortoir était plus vieillot que celui de l'hôpital. Durant les vacances tous les lits étaient recouverts d'un drap pour les protéger de la poussière, j'avais l'impression de rentrer dans une morgue.

Sur sa longueur s'étalait un long abreuvoir orné de robinets. Jouxtant le dortoir se trouvait une immense salle de douches comme celle d'un club de rugby que j'utiliserais deux fois par semaine. Tout au fond de la chambrée se trouvait la cabane tente de notre frère surveillant.

Avec mes parents nous fîmes le tour du propriétaire : «le réfectoire, la salle de classe, la salle d'étude, les installations sportives et le tour du parc».

L'heure de cette nouvelle séparation arriva, mes parents repartirent pour l'Allemagne via Strasbourg et moi je restais avec mes petits compagnons pensionnaires avec lesquels j'avais droit au «briefing» des anciens.

Le lendemain les cours reprenaient pour une nouvelle année.

La première semaine fut consacrée à une prise de température générale et à la détection d'éventuelles affinités.

L'un des endroits stratégiques était le réfectoire. Il était bas de plafond. Nous devions manger en silence pour ne pas déranger la lecture de certains passages de la Bible ou interférer les conversations de quelques frères et professeurs qui se restauraient avec nous. Le soir nous avions droit régulièrement à la soupe de pois cassés, celles-ci m'occasionnèrent plus tard une répulsion, un écœurement pour la couleur vert pois.

Nos journées défilaient avec son cortège de rituels et les premières nuits furent des nuits d'angoisses, il semblait que je m'endormais très tard. Tout était froid autour de moi ; le dortoir, le silence, l'odeur des murs, le lit, l'odeur des draps.

Après la prière faite à genoux au bord de notre lit, nous avions droit à une petite demi-heure de lecture. À l'extinction des feux, nous devions avoir les mains sur les draps pour nous rappeler que la masturbation était considérée comme un péché. D'un coup toutes les lumières du dortoir s'éteignaient, nous entendions grincer les chaussures de cuir de notre frère surveillant qui à l'éclairage d'une veilleuse déambulait entre les rangées de lits.

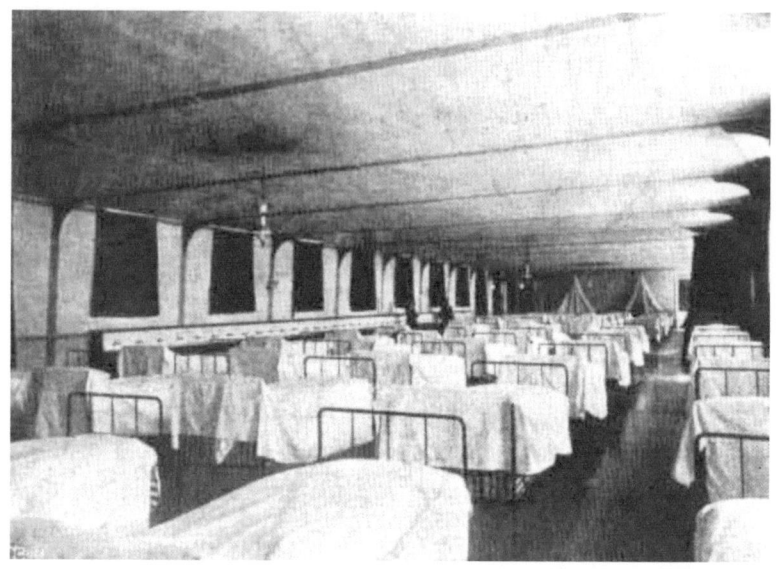

Puis il éteignait cette lampe blafarde et s'infiltrait dans sa cabane tente. On pouvait l'observer en ombre chinoise se déshabiller puis, allongé sur son lit, il lisait, cherchant le sommeil.

Nous étions réveillés, ces matins noirs d'hiver par l'allumage brutal des lampes et par les claquements secs et répétés des mains du frère surveillant. Ce vacarme se déplaçait dans le dortoir comme un roulement de tambour. Si malgré ce tintamarre certains n'arrivaient pas à se réveiller, tour à tour il prenait leur matelas et le chavirait sur le plancher.

En général, cela ne se produisait qu'une fois car la chute de ces » paresseux » restait dans les mémoires.

Nous allions à l'abreuvoir faire une minitoilette, nous passions nos vêtements qui avaient passé la nuit, bien pliés, sur le montant de notre lit. Puis venait l'apprentissage du lit au carré ; celui-ci devait être fait sans un pli avec la norme d'une demi-coudée, soit 3 paumes de main, pour le rabat du drap supérieur. Plus les nuits passèrent et moins nous étions nombreux, au matin, à refaire nos lits.

Toutes ces petites blouses grises descendaient maintenant 2 étages et se retrouvaient dans la salle d'étude pour une bonne demi-heure.

Demi-heure consacrée à la révision de nos leçons du jour puis nous traversions la cour pour gagner le réfectoire où un bol de chocolat chaud et 3 tranches de pain beurrées nous attendaient.

Ainsi restaurés, nous allions dans la cour de récréation guetter l'arrivée des externes et des demi-pensionnaires. Au son de la cloche, nous rejoignons l'entrée de nos classes, nous nous mettions sur deux rangs et attendions que notre professeur nous dise d'entrer.

Notre professeur de 5e était sûrement plus qu'un PEGC (professeur d'enseignement général des collèges) car il nous enseignait bien plus que deux matières, il devait être sûrement «instit prof».

Cet enseignant au nom d'origine italienne était magique et me laissa un souvenir indélébile. Il fut pour moi un mentor. Il avait une pédagogie limpide et sans accroc. De nos jours, ce joli mot PÉDAGOGIE (ensemble des méthodes utilisées pour éduquer les enfants et les adolescents) est aujourd'hui évoqué de façon pompeuse et démagogique. Bref, il est employé à toutes les sauces. Ce mot phare de l'éducation nationale a fait l'objet de milliers de réunions et serre surtout de gargarisme aux inspecteurs et la majorité des enseignants.

Sa pédagogie résidait tout simplement dans sa personnalité et l'engouement pour son métier. Il était jovial, juste, ferme, plein d'humour et surtout conteur de cours. Quoi de plus agréable que d'apprendre en écoutant des histoires vraies que l'enseignant rend extraordinaires.

Il était rigoureux sur notre tenue, celle de la classe et celle de nos cahiers, il était tout le temps debout mais parfois, il s'asseyait sur le coin d'une table les deux pieds sur une chaise et interpellait un élève pour lui parler ou l'interroger.

Il avait le don de nous faire croire que nous nous amusions alors que l'on travaillait sans s'en rendre compte.

Il inventait des jeux semblables aux jeux de l'oie, il nous mettait par équipe de travail en équilibrant les niveaux de chaque groupe d'élèves. Chaque élève qui avait une note inférieure à dix pénalisait son équipe d'un point. Ceux qui avaient une note comprise entre dix et quinze faisaient avancer leur équipe d'un point et entre quinze et vingt de deux points.

Il y avait donc dans son système de notation motivante 2 possibilités positives pour une négative.

J'étais toujours féru de sciences naturelles mais cet enseignant m'apporta une deuxième passion, celle de la géographie. Il fallait l'entendre conter la construction du canal de Panama. Il en mêlait la géographie physique, les caractéristiques techniques de l'ouvrage, l'histoire et les anecdotes humaines. Il nous parlait du courage et de l'obstination de ces hommes à construire un passage entre deux océans. Il nous parlait du bouleversement économique mondial qu'il allait engendrer. Il ne traitait pas le creusement d'un canal, il nous faisait un cours de géographie économique et politique.

Toutes ses leçons étaient faites de la sorte, il vivait ses cours, il allait plus loin que ses cours, il nous transportait.

Quarante ans plus tard, alors que j'effectuais un petit pèlerinage dans cet établissement je revis un vieil homme de quatre-vingts ans, bien plus petit que moi et toujours avec ce large et beau sourire. Il resplendissait toujours cette joie de vivre. Maintenant qu'il s'adressait à un adulte, il m'avoua que quatre choses l'avaient passionné dans la vie : «son métier, le bon vin, le golf et les femmes».

Après les cours, il y avait un moment très attendu, celui du goûter pendant la grande récréation du soir. Nous faisions la queue devant une grande corbeille d'osier remplie de tartines de bon pain. Des élèves plus âgés qui faisaient le service, nous avions droit à trois tartines et une barre de chocolat à croquer de 4 carrés. Puis se déroulaient les jeux classiques de cours de récréation ; football sur terrain de Hand, ballon prisonnier et jeux de délivrance.

Cette récréation était suivie d'une heure d'étude, où il m'arrivait souvent de somnoler. Pas une mouche ne volait dans cette salle austère, on entendait de temps en temps tomber un stylo ce qui faisait lever la tête du frère surveillant, plongé dans ses lectures. D'un regard perçant il scrutait la salle pour repérer l'origine du bruit tel un rapace localisant sa proie.

Il n'y avait guère d'avertissement aux bavardages. J'ai vu un jour, l'un de ces frères quitter son estrade courir sur les bureaux des élèves et assainir une magistrale gifle à un élève récalcitrant.

J'en avais pris quelques-unes durant mon séjour, celles qui faisaient le plus mal étaient les gifles loupées que l'on pouvait prendre par exemple en plein sur l'oreille. Lorsque nous étions en short et que nous avions fait une bêtise, le frère nous demandait d'écarter les jambes telle une girafe qui va s'abreuver et nous filait 2 grandes claques sur l'intérieur des cuisses (il fallait y penser).

Dans le dortoir, comme celui de l'hôpital, nous attendions un long moment que le frère s'endorme et nous nous retrouvions pour bavarder et grignoter. Lorsque nous loupions notre coup et que le frère se réveillait, il allumait le dortoir et nous faisait mettre debout à côté de notre lit pour une demi-heure de pénitence.

Le plus souvent nos escapades nocturnes étaient un succès. Les nuits d'hiver quand il gelait à pierre fendre, nous allions à peine vêtus jusque dans la cour pour y déverser des récipients d'eau que nous prélevions dans les toilettes. Le lendemain matin nous avions de belles patinoires pour faire des glissades.

En fin de semaine, habillés dès le matin de notre complet bleu de sortie nous partions chez nous en «permission». Cette escapade dans nos familles respectives s'effectuait un week-end sur deux soit le samedi à 16 heures soit le dimanche matin à 8 heures trente. Nous courrions comme des fous mon cousin et moi jusqu'à la gare de Lagny. De là nous prenions le train qui nous conduisait jusqu'au Raincy. Là notre oncle venait nous chercher.

Il arrivait parfois que nous manquions notre train et comme le téléphone portable à l'époque n'existait pas, mon oncle attendait à la gare. Parfois j'étais collé le samedi après-midi et mon grand cousin beaucoup plus sage que moi partait seul.

La maison de Montfermeil avait pour unique chauffage, une vieille cuisinière en fonte qui fonctionnait au boulet de coke. Ma grand-mère était tout le temps devant et de temps en temps elle soulevait les plaques concentriques et étalait le foyer à l'aide d'un tisonnier. Les seules distractions que nous ayons, hormis d'être en « famille » étaient la lecture et un poste radio.

Nous passions la plus grande partie de notre temps dans cette unique « pièce à vivre » car elle était chauffée.

Comme mon cousin qui devait être en classe de troisième avait plus de devoirs que moi, je me coltinais les corvées. La première était d'aller chercher du charbon à la cave l'aide d'un sceau, qui m'arrivait à la taille et dont l'ouverture était taillée en sifflet. La deuxième était d'aller vider notre seau d'excréments familiaux au fond du jardin dans le potager. En effet les toilettes extérieures se résumaient à un cabanon de bois aménagé d'une grande planche trouée sur laquelle il y avait des pages de journaux et sous laquelle se trouvait un sceau.

Mon oncle retournait la terre parfumée du jardin dans lequel en juin, septembre et octobre je pouvais apprécier des légumes « bio ». En juillet et en août, je me régalais des fruits et légumes mûris en terre Corse.

Dans le fond du terrain de ma grand-mère, Montfermeilloise d'adoption, se tenait un clapier et pour changer du poulet dominical, mon oncle de temps en temps sacrifiait un lapin.

Il le prenait par les pattes postérieures, lui assenait un coup sec de gourdin sur la nuque puis à l'aide d'un opinel, l'énucléait d'un œil pour recueillir son sang. Puis il pendait l'Oryctolagus cuniculus par les pattes pour le dépecer ainsi je pus assister à l'une de mes premières dissections de mammifère.

Ma grande distraction dans cette maison était de jouer les explorateurs dans l'atelier de mon grand-père paternel qui avait été charron. Cet endroit était un véritable sanctuaire dans lequel personne ne devait venir tant les toiles d'araignées étaient nombreuses. Tout était resté en place à l'heure du temps arrêté.

Il y avait de nombreux outils spécifiques à sa profession et chacun me racontait son histoire.

Quelques décennies plus tard après les héritages des uns et des autres, les outils furent légués au musée du Travail Charles Peyre à Montfermeil.

Pour être charron, il fallait savoir travailler le bois et le fer et c'était tout un art de fabriquer une roue de charrette.

Pour confectionner une roue, il faut toujours partir de son centre. En effet, c'est la taille de la boîte (pièce métallique au centre de la roue) qui définit la taille du moyeu.

Ce dernier va définir la taille des raies (le nombre, toujours pair, va dépendre du diamètre et de l'usage de la roue). La dimension des jantes est liée à la taille des rayons. Enfin, le bandage métallique est choisi en fonction de la largeur des jantes.

La fabrication d'une roue demandait 3 essences :

l'ormeau tortillard pour le moyeu. Ce bois ne doit pas fendre, il est résistant à l'éclatement.

L'acacia pour les rayons. Travaillé plein fil, il a une excellente résistance aux chocs et à la compression.

Le frêne pour les jantes de voitures à cheval. Ces bois, assez fibreux, résistent à la flexion des bois imposée à la roue lors du serrage par le fer.

Enfin, le bandage métallique est choisi en fonction de la largeur des jantes.

Cette étape était la plus courte mais la plus spectaculaire. On faisait un feu dans lequel était dilaté un arceau métallique puis, plusieurs hommes à l'aide de pinces ajustaient la pièce autour de la jante. Le cerclage ainsi posé était refroidi par de l'eau, celui-ci se rétrécissait et resserrait l'ensemble de la jante jusqu'au moyeu.

On me disait à propos de mon grand-père qu'il s'était pendu dans sa chambre, sans doute pour me faire cauchemarder car j'appris bien plus tard par mon père que sa tentative avait échoué ; une de ses filles l'ayant décrochée avant que la mort ne finisse son travail.

En fait, il mourut « de sa belle mort ».

Les samedis et les dimanches étaient monotones et plutôt que d'attendre la sortie du coucou suisse qui rythmait le temps de cette unique pièce chauffée, je préférais m'inventer des jeux dans le jardin de la maison.

Le soir assis autour de l'unique table de la maison j'écoutais toujours les mêmes conversations à propos de la dureté de la vie.

L'hiver ma grand-mère mettait des briques dans la cuisinière puis une fois chaude chacun prenait la sienne, l'enveloppait dans du papier journal et nous allions dans notre chambre.

Mon cousin et moi dormions dans le même lit, il y avait de la glace sur le papier peint et l'intérieur des vitres. Nous glissions la brique sous les draps, faisions notre prière et nous nous endormions.

Le lundi matin, nous nous levions à 5 h 30 et allions au bout de la rue des rosiers pour prendre le car de ramassage de l'institut St Laurent.

Une autre semaine reprenait puis une autre et je les comptais ces semaines... .

Aux vacances de noël et de Pâques, mon oncle m'accompagnait à la gare de l'Est, me mettait dans le train. Celui-ci était bondé de soldats permissionnaires retournant en Allemagne. Les compartiments et les couloirs avaient une odeur de bière et de tabac brun. Mes parents me récupéraient à Strasbourg puis nous filions sur Baden-Baden. Ces vacances étaient des plus chaleureuses d'autant plus que mon grand-père étant veuf il passait une partie de l'hiver chez nous, en Allemagne.

Les vacances estivales se déroulèrent comme « d'habitude » au village d'Omessa, bref nous apprenions chaque été mes sœurs et moi d'où nous étions où se trouvaient nos racines profondes.

L'année suivante, mon père fut muté Boulevard Victor au ministère de l'air à Paris. Nous habitions désormais et pour un an : » La Celle St Cloud ». Maintenant tous les week-ends je retrouvais ma famille chérie, car j'étais encore à l'institut St Laurent de Lagny sur Marne.

Cette nouvelle période marqua la fin de nos séparations. Mon père se levait tôt le lundi matin, peut-être vers les cinq heures, pour m'accompagner au bus de ramassage qui devait se trouver porte de Vincennes. Je finissais ma nuit dans le car en pensant à samedi prochain.

Durant la semaine, je prenais bien garde de ne pas me faire coller pour rentrer à la maison et rester dans les jupons de ma mère. Dans leur appartement je dormais sur le canapé du salon.

Moi qui étais un sirop de la rue, cette année-là je ne quittais pas le logement, je préférais flairer l'odeur de cet environnement ; petit, je voulais rester petit le plus longtemps possible.

Pinocchio

Sur un bateau de nougatine,
de sucre d'orge sont nos rames.
Sur une rivière de chocolat,
nous voguons, empreints de charmes.

Offrez-nous des papas cadeaux
aux visages d'été tranquilles.
Offrez-nous des mamans gâteaux
aux cheveux printaniers d'avril.

Sur notre mer pâte d'amande,
elle serait là, sous le soleil.
Notre île pirate et gourmande,
nous abreuvant de sa treille.

Petits, laissez-nous petits,
Lorsque tout votre monde grandit.
Dévalisant notre paradis.
Du temps, un peu, pour nous les petits.

Il y avait toutefois à cet enferment volontaire une exception, tous les dimanches matin j'accompagnais mon père à son club de foot de la Celle St Cloud dont le gardien de l'équipe n'était autre que Pierre Massimi originaire de Calenzana (les secrets de la mer Rouge et Thierry la fronde). Je crois que mon père avait besoin de ma présence ou simplement, il trouvait un prétexte pour que je sorte de cet appartement. Après son match, il buvait un coup avec ses copains «footeux» puis nous allions au marché de cette belle commune pour acheter un peu de cochonnaille pour l'entrée du repas dominical.

Puis il y eut Versailles, ville illustre chargée d'histoire. Nous sommes en 1968 ; nous habitions un logement de fonction rue de Paris. Fini pour moi le pensionnat. Avec le retard scolaire que j'avais accumulé, aucun établissement public ne m'acceptait. Aussi mes parents m'avaient inscrit dans une école privée l'école Maigret dans le quinzième arrondissement de Paris.

École de briques rouges aux salles de classe exiguës et où il régnait une ambiance familiale et relativement bourgeoise. J'ai le souvenir de cours de sciences naturelles très théoriques ayant pour thème central les commentaires d'une fiche cartonnée d'anatomie ou de physiologie suspendue au tableau. Pour le reste, j'étais au fond de la classe comme à mon habitude et avais comme voisin un élève qui dessinait inlassablement des bandes dessinées et le voir aussi créatif accélérait le temps de l'heure de cours. Un jour, j'eus un entretien avec le directeur de l'établissement qui voulait sans doute, en raison de mes résultats scolaires, en savoir plus sur ma personnalité. Il m'avait mis dans une telle confiance (c'était un fin psychologue) que je lui déballais mes désirs d'avenir. À cette époque, je dévorais Jules Verne et tout ouvrage concernant l'aventure et la zoologie. Je voulais partir en Afrique et travailler dans une grande réserve animale et parcourir savanes et déserts africains. Bien plus tard, j'appris en visitant le parc Kruger en Afrique du Sud, que j'étais passé à côté de mes rêves. Après m'avoir écouté, il m'interjeta une phrase que j'ai toujours en mémoire «M.

Faivre ; de nos jours on ne va plus à la conquête de territoires avec une épée mais avec des diplômes»; entretien terminé. Chemin faisant, je menais ma petite vie ignorant ce qui se passait autour de moi ; les événements de mai 1968.

Trop jeune sans doute, je n'étais qu'un simple observateur.

Parfois, lorsque nous sortions de cours, il nous arrivait au coin d'une rue de tomber nez à nez sur une escouade de CRS, nous retroussions chemin sans courir mais d'un pas déterminé avec toutefois un petit nœud au ventre.

Sous une influence médiatique journalière et l'attitude d'un père gaulliste (qui avait ordre de ne plus venir en tenue militaire au ministère mais en civil) l'ambiance était devenue électrique même dans notre chez-nous.

Je n'avais eu guère de distraction pendant toutes ces années. J'avais bientôt seize ans et voulais un peu sortir. Un samedi soir, un copain du quartier me proposa à ce que nous allions au cinéma à Versailles ; mon père refusa catégoriquement en raison de mes résultats scolaires catastrophiques. J'avais dû commencer ma défense en lui disant que l'on ne s'instruisait pas qu'à l'école et que l'environnement sociétal faisait partie de mon épanouissement. Mon père devait avoir des soucis notamment sur le devenir de son idole le grand Charles, bref le ton monta rapidement, je pris une sacrée gifle et il me consigna dans la chambre jusqu'à l'heure du repas. J'interprétais cette interjection comme : allez ; au gnouf.

Mon esprit échafauda un scénario de crainte, de torture, d'oppression, comment pouvais-je être le fils de ce despote mussolinien ?

Elle était belle cette chambre de style bateau avec ses lits superposés en faux acajou de marine, sous le premier lit se trouvaient deux grands tiroirs ornés de ferrures imitation cuivre. Tiroirs dans lesquels étaient tous mes secrets.

Un filet de pêche décoré d'étoiles de mer, de coquillages et de flotteurs boules de verre s'étendait sur tout un mur. Sur le mur d'en face, se trouvait une immense reproduction d'un planisphère ancien devant lequel souvent je rêvais. C'était une chambre reposante et pleine de rêves.

Mais ce jour-là, j'étais en rage. Je pris mon réveil et le lançai contre la vitre qui se brisa, j'arrachais le filet mural ainsi que le planisphère et renversais mon bureau.

À ce vacarme mon père se précipita dans la chambre, il en ressortit médusé, tout en « aboyant ». Lorsqu'il revint c'était avec une ceinture à la main dans laquelle il en avait fait deux tours. Calmement, j'enlevais mon tee-shirt et dos nu face au mur mains jointes sur la nuque, je lui criais : « frappe, fasciste ». Les coups de ceinture marquaient mon dos et je les encaissais sans un soupir.

Quand il eut fini, Je pris le tabouret de mon bureau par l'un de ses pieds, le levai au-dessus de ma tête et dit à mon père : » au prochain coup que tu me donnes, tu le prends sur la gueule ».

Depuis ce jour, jamais plus mon père n'a levé la main sur moi et nos rapports sont vite devenus adultes.

Cette année 1968 fut solitaire et boutonneuse, je me refermais dans le petit univers de ma chambre bateau « reconstruite » en écoutant pendant des heures de la musique classique. Je nourrissais d'énormes complexes dus aux traces que m'avaient laissées ces 18 mois de préventorium.

À cette période les chirurgiens ne faisaient pas dans la dentelle, ce n'était pas l'époque des cicatrices esthétiques et en plus j'étais un garçon. Je me promenais avec deux énormes balafres au cou qui me faisaient aimer l'hiver car en cette saison je pouvais mettre des cache-nez.

J'évitais les jeunes filles et leurs sensibilités esthétiques liées à l'adolescence.

Il m'arrivait le samedi après-midi de rendre visite à deux frères, anciens voisins et camarades de classe de Fort de l'Eau qui habitaient rue de la convention. Nous passions notre temps au café du coin à jouer au flipper et à siffler des cocas ou de la menthe à l'eau.

L'un de ces frères avait deux ans de plus que moi et me donnait des cours de drague et m'apprenait comment étaient agencées les parties intimes d'une femme, dessins à l'appui.

À cette époque, l'univers des filles m'était inconnu et il y avait peu de supports médiatiques pour enrichir mes connaissances sur leur anatomie. J'étais dans une période très platonique et vertueuse. Les semaines passaient et j'attendais l'été pour retrouver mon île et connaître les premiers flirts.

Bilan de cette année scolaire, je ne passais pas en seconde mais obtenais mon BEPC à la surprise générale.

Tant que les parents payaient et tant que mon père avait foi en moi, il fallait continuer. Il m'avait donc inscrit au cours Pollès, rue Dieu, en classe de seconde, je passais désormais de classe en classe à coups de biffetons et mon amour-propre en prenait un coup à chaque fois.

Le rythme scolaire était soutenu ; à chaque cours que je suivais j'avais l'impression d'être dans un sous-marin qui n'arrivait pas à refaire surface et dont l'air commençait à manquer.

Cette année 1969 fut marquée par un nouvel excès d'amour platonique et par la connaissance de ma première muse.

Après quelques arrêts de métro, je retournais le soir chez moi en prenant le train au quai de Javel. Je guettais une belle aux longs cheveux, au style romantique dans son long manteau.

Durant le trajet, j'étais assis en face d'elle mais n'osais la regarder et tout en discutant je scrutais son visage se reflétant dans la vitre du train. C'était ma princesse du bâtiment voisin à Versailles.

Elle se disait être l'arrière-petite-fille d'Amundsen et cela pouvait être possible car celui-ci était mort en 1928. Cet homme dont je ne connaissais pas l'existence avait pour profession : «explorateur polaire» (dans un CV ça en jette). C'était la première fois que ma vie croisait la descendance d'un héros.

Elle avait dû vite comprendre que les récits de cet homme me captivaient et nos trajets ferroviaires n'étaient que du bonheur, j'écoutais avec admiration les péripéties de son aïeul présumé. Un jour, elle m'invita chez ses parents pour me montrer dans sa chambre non pas des estampes japonaises, mais un traîneau, celui d'Admunsen. À la vision de cette relique historique couverte d'une peau de bête je restais pantois, je n'étais plus à Versailles mais au pôle Sud.

Ses parents m'avaient sûrement jugé comme étant un jeune homme naïf et sans danger pour leur fille, aussi étais-je régulièrement invité à passer un moment avec elle dans sa chambre.

Je percevais désormais cette princesse comme un hologramme et passais des heures sur ce traîneau à l'écouter, assis aux côtés de Roald. Mes pensées étaient si vivantes que la pièce me paraissait gelée et venteuse.

Elle possédait des articles de journaux et de nombreuses photos de lui ; mon héros du moment.

De rêver c'est bien mais il ne faut pas se laisser dominer par ses pensées. Pour que celles-ci deviennent réalité, il faut s'assurer d'un minimum matériel. Je ne pense pas que ce genre de « détail » les préoccupait outre mesure ; ils étaient par leurs charismes et leurs tempéraments indéfectibles capables de subjuguer leurs entourages, les financiers et les politiques.

Roald Amundsen n'était pas un novice des expéditions polaires quand il décida de vouloir planter le drapeau norvégien « au centre » du continent le plus hostile de la planète : « l'Antarctique ».

Une même expédition menée par SCOTT (officier de la marine britannique et grand expert de ce continent) était en compétition avec celle de son rival norvégien. Mais Roald le devança de quelques semaines. Ce ne fut donc pas le drapeau britannique qui restera dans l'histoire de la conquête du pôle Sud mais celui de la Norvège.

Scott et ses cinq compagnons moururent sur le chemin du retour d'épuisement, de faim et de froid.

L'analyse de la conquête du pôle Sud montrera que Roald Amundsen avait minutieusement conçu son expédition. Il avait prévu des dépôts de ravitaillement, des skis et des chiens d'attelages, beaucoup de chiens (52) pour s'en nourrir en cas de besoin.

Le 14 décembre 1912 à quinze heures ils atteignent le pôle Sud.

Lui et son équipe laissent une petite tente et une lettre adressée au roi Haakon où il raconte leur exploit au cas où ils périraient au cours de leur retour. Ils survirèrent et furent de retour le 25 janvier 1912 avec 11 chiens d'attelage après avoir parcouru 2 824 km en 94 jours (56 à l'aller, 38 au retour) soit une moyenne de 30 km par jour.

Les jours passaient les uns après les autres comme les dizaines monotones d'un chapelet.

Le dimanche matin je pratiquais la gymnastique dans un club à quelques centaines de mètres de chez moi. J'y ai appris la persévérance et le goût de l'effort tout en me forgeant un buste en triangle et des bras à porter en toute saison des chemisettes.

Le dimanche après-midi, rituellement, j'accompagnais mon père dans une académie de billard français où je passais les trois quarts du temps à le regarder. Mais j'aimais cet environnement et ne m'ennuyais pas. L'ambiance était feutrée, des lampes à larges bords descendaient du plafond pour effleurer le «green» recouvrant une table d'ardoise chauffée.

Les boiseries du billard avaient la chaleur du kotibé, du chêne ou du noyer, elles étaient en harmonie avec le comptoir de l'établissement.

L'endroit avait une odeur de cigare mélangée aux effluves de bière, les hommes étaient en chemises retroussées et avaient tous des pantalons à bretelles. Le silence ou les paroles feutrées étaient de rigueur.

L'index et le majeur de leur main gauche étaient teintés de bleu car sur le procédé de cuir qui était au bout de leur queue, il frottait un produit abrasif de cette couleur. Cette poudre permettait des effets de rotation à la bille et évitait de faire une fausse queue.

Presque à plat ventre sur le billard, se concentrant sur le coup à jouer et les suivants, le joueur ajustait sa queue comme une ligne de mire et frappait la bille. La sphère, tant elle était parfaite semblait glisser sur le tapis vert. En se servant des bandes ou non, elle allait délicatement toucher la carambole puis la bille de l'adversaire.

Ces dimanches après-midi pluvieux d'hiver furent des moments de grandes concentrations et empli d'instruction concernant la géométrie plane et les chocs élastiques en physique. C'était une ambiance scolaire qui me convenait.

Avril, puis mai arrivèrent et durant ce dernier mois Hermès se pencha sur mon père, la missive lui annonçait qu'il était muté : « en Afrique ». On aurait pu penser, si nous étions au XIXe siècle, que nous allions en Afrique noire, celle de l'Ouest avec Tintin, Tarzan, Stanley et Livingstone, le docteur Schweitzer, les sources de Nil et son trésor introuvable.

Non, la géopolitique a priori avait quelque peu changé la donne, c'était en Afrique de l'Est que son devoir l'appelait.

Je ressortis les cartes et regardais leurs histoires.

J'étais heureux à la pensée de revoir ce continent noir mais ne comprenais pas trop pourquoi nous n'allions pas au pays de Tintin.

Là-bas, où nous irions, point de gorille, point de crocodile, point de pierre précieuse.

La destination de mon père n'était juste qu'un désert de pierres violant une mer rougeoyante. Nous allions à Djibouti.

Comment étaient les gens là-bas, de quelle couleur étaient-ils ? Noir foncé, noir clair, noir tout court ou étaient-ils une combinaison de couleur ?

Que mangeaient-ils ? Du singe, du serpent, du sorgho, du millet, des tilapias, du couscous ?

Toutes ces questions abasourdirent mes nuits et je me demandais si nous allions vraiment en Afrique ou si nous retournions dans un Maghreb que je ne connaissais pas.

Peu importent les réponses à mes questions du moment, j'allais revivre en Afrique, grand continent qui était pour moi synonyme d'aventures et de découvertes.

Depuis la nouvelle de notre futur départ, les jours passèrent plus vite, la famille était plus détendue et mes problèmes scolaires étaient devenus accessoires. Mon père partirait, comme d'habitude une quinzaine de jours avant pour préparer notre arrivée et être plus tranquille pour aborder ses nouvelles fonctions.

Quant au reste de la famille, direction le village comme tous les étés. Les vacances au village passent très vite surtout à 17 ans, les seuls moments de repos on les prend à la sieste et encore... Entre les baignades dans l'Ascu et le Golu, la plage de l'Île Rousse, le baby-foot d'Augustin Ferrari, les glaces de l'autre débit de boissons «chez Firmine», le temps nous était finalement compté. À cette époque la télévision n'avait pas d'impact sur nous, elle était rare dans les villages, moins propagandiste et agressive que maintenant.

Comme j'étais de nature matinale, mon oncle Jules-Pierre avait toujours une idée pour occuper mes matinées. Lorsque je ne le suivais pas à la chasse aux perdreaux sur les collines de Francardo, il m'amenait faire mes premières expériences de pêcheurs à la canne au lieu-dit «la jauge» avant Ponte Leccia au bord du Golo. Un autre matin nous allions avec sa Simca Aronde chercher le vin à la coopérative vinicole du village «Pont de Chêne». Un autre matin nous allions sulfater la vigne et de temps en temps, souvent après un gros orage, je l'accompagnais jusqu'au transformateur du relais de télévision. Il empruntait l'âne de M. Antoni et lui fixait une batterie neuve sur le bât. Nous partions tôt le matin et durant la montée, à l'heure de l'évapotranspiration des végétaux, nos vêtements s'imprégnaient des odeurs du maquis. Nous changions la batterie, nous cassions la croûte et nous redescendions au village. Les Vieux étaient contents, leurs écrans fonctionnaient de nouveau. Dès que Jules Pierre pouvait me chopper il m'instruisait ; je le regardais fabriquer ses cartouches, à mettre du vin en bouteille cachetée à la cire, à communiquer avec un jardin à connaître les secrets d'un ciel étoilé et tant d'autres choses simples et riches.

Le temps ne suspend pas son vol, l'heure était maintenant venue de rejoindre mon père.

Après quelques heures passées à bord du Douglas DC 8 nous atterrîmes à Djibouti en août 1970. J'allais dans quelques minutes fouler le sol du TFAI (territoire français des Afars et des Issas). Territoire stratégique qui deviendra une république en juin 1977 et aura avec le temps un partenaire de luxe :» la Chine.»

Lorsque les hôtesses ouvrirent la porte de l'avion, un vent de chaleur s'engouffra dans la carlingue. Cette gifle d'air à 38 degrés et très humide gagna mes poumons et alourdi mes jambes. Puis sur la passerelle la lumière devint éclatante et se faisait de plus en plus intense au fur et à mesure que j'arpentais le tarmac.

Bienvenue dans l'une des villes la plus chaude du globe.

Les retrouvailles paternelles étant faites, il fallait se rafraîchir au bar de l'aéroport. À la taille des verres que l'on nous apportait, je me suis fait la réflexion suivante : «dans ce pays, on doit beaucoup plus boire que manger»; mon verre était immense et la menthe à l'eau était légèrement salée. Ma deuxième réflexion fut ; «dans ce pays, l'eau douce doit être rare.» Ce désagrément gustatif s'estompa au bout d'une huitaine de jours, tant j'avais besoin de boire pour compenser la transpiration corporelle.

Après vingt minutes de trajet depuis l'aéroport, en TAUNUS 12M, nous arrivâmes au «plateau du serpent», quartier où se trouvait notre nouvelle demeure. C'était un vaste appartement avec d'immenses ventilateurs fixés au plafond de chaque pièce. Lorsqu'ils fonctionnaient tous en même temps j'avais l'impression d'être dans un héliport. Le seul climatiseur se trouvait dans la chambre parentale. Les pièces étaient spacieuses et agencées de telle sorte que l'on pouvait profiter du moindre courant d'air.

Ma chambre donnait sur une cour ornée de tamarins dans lesquels une multitude d'oiseaux tisserands faisaient leur nid en forme de poire.

Après avoir fait le tour du propriétaire, mon père m'amena dans le garage et là, je découvris un bateau en coque polyester de quatre mètres cinquante environ armé d'un moteur de 25 CV.

À la découverte de ce nouvel environnement, j'ai tout de suite pensé que les deux ans que j'allais passer à Djibouti flairaient bon les vacances et que le lycée allait être un réservoir de copains et de copines.

À propos du lycée j'étais enfin dans le public, non pas que l'enseignement y fût meilleur qu'ailleurs mais j'en avais un peu marre que mon père se décarcasse pour me trouver un établissement à chaque rentrée scolaire.

J'avais l'impression d'être enfin sur une piste bien balisée, d'atterrir sur un aéroport international. Pour cela, je devais juste redoubler ma classe de seconde, ce qui ne m'affectait pas plus que ça, vu que je ne connaissais personne et qu'une nouvelle vie s'offrait à moi. Je suppose que le corps enseignant de l'époque avait dû mettre parmi leurs banales appréciations : « redoublement profitable » ; car je fus dans les trois premiers de la classe cette année-là.

D'un point de vue relationnel j'étais un peu la bête curieuse de la classe car j'étais de trois ans l'aîné de chaque élève. Cette situation m'apporta des avantages du côté des filles mais me valut quelques désagréments vis-à-vis des garçons…. Au fil du temps, je suis devenu le grand frère de tous ces bons copains et copines et nous avons encore à l'heure actuelle grand plaisir à se revoir.

Les bases de mon environnement étant posées, je passais à l'investigation des lieux. La place Ménélik et son marché, l'incontournable palmier en zinc, la plage des tritons, le club des cheminots étaient mes incontournables la journée. La nuit m'orientait vers le quartier 2 ou j'aimais manger quelques brochettes, boire du Fanta et me laisser aller dans les bras d'une ou plusieurs Éthiopiennes d'un soir.

C'est à Djibouti que j'ai eu mon permis de conduire, je prenais des leçons à bord d'une mini-moke sous l'œil attentif de mes deux moniteurs natifs de Corse. Ma première voiture fut une 2 CV dont j'avais payé une partie en travaillant au service météorologique du coin. Service dans lequel, à la suite de données qui me parvenaient par télex, je concoctais une carte météo sol ; mon deuxième travail consistait à transmettre par téléphone tous les midis le bulletin météo à la maison de la radio de Djibouti.

Durant mon séjour, j'ai occupé d'autres emplois. J'ai aidé un vétérinaire dont la clinique était sur la route d'Ambouli. Parfois je lui ramenais des serpents que je trouvais dans la palmeraie et souvent des animaux blessés comme ce percnoptère que j'avais trouvé au bord de la route.

J'ai travaillé également chez un entrepreneur, c'est le job le plus ennuyeux que j'ai eu de tous les petits boulots que j'ai pu faire dans ma vie. Pendant 29 jours je fus assis sur une chaise à ne rien faire sinon à courtiser la comptable de la boîte et le trentième jour, mon seul jour de travail effectif, j'ai distribué la paye aux ouvriers et la mienne me semblait bien grasse et injustifiée par rapport à la leur.

Ma 2 CV dépanna beaucoup de copains et copines qui n'avaient pas encore leur permis.

Dans son coffre on pouvait trouver tout l'attirail du parfait plongeur en apnée ; il suffisait que pendant la classe un copain me dise : « mon père me prête le bateau ce soir » pour qu'à la sortie du lycée nous nous empressassions d'aller au club nautique pour un petit coup de pêche avant la nuit.

Mes devoirs étaient quelque peu escamotés, mais ramenant du poisson l'engueulade parentale était modérée.

À chaque fois que l'on quittait le club nautique, il fallait indiquer sur un tableau noir ; l'heure du départ, la destination et l'heure d'arrivée probable. Lorsque nous revenions de notre sortie en mer, on effaçait le mot du tableau. Ce protocole était indispensable pour la sécurité des plaisanciers et l'orientation d'un éventuel sauvetage. Ces recommandations étaient suivies par les adultes mais moins par les petits cons de mon âge.

Un matin, il nous prie l'envie avec mon ami Patrice de partir à l'aventure sur l'île de Maskali qui se trouve à une quinzaine de kilomètres de Djibouti, à l'entrée du golf de Tadjoura. Notre embarcation pneumatique sur laquelle était fixé un moteur de 1,5 CV était grande comme une baignoire ; nous tenions assis face à face les jambes repliées. Nous n'avions pas de gilets de sauvetage et moi j'étais à l'aise dans l'eau comme un phoque peut l'être sur la terre ferme. Le tableau noir du club nautique est resté noir, nos parents n'étaient pas prévenus mais qu'importe ; nous voilà partis.

Je pensais ce jour-là que je ne risquais rien car j'étais dans la peau de Henry de Monfreid. Tout doucement, les habitations côtières devenaient de plus en plus petites et Maskali était encore loin. Je commençais à gamberger sans toutefois en parler à mon ami ; nous étions maintenant en pleine mer et qu'il n'y avait plus autour de nous que cette vaste étendue et Dieu.

Les vagues commencèrent à se creuser, le moteur toussotait, parfois je voyais le sommet d'une vague parfois j'apercevais l'île. Je commençais à comprendre que je savais nager comme un fer à repasser et que j'étais d'un signe d'air. Sous l'eau je me sentais aussi bien que peut l'être un poisson mais sur les vagues, coincé entre deux milieux j'étais très mal à l'aise. Je savais que si l'embarcation chavirait loin de l'île je ne m'en sortirais pas. La baignoire de caoutchouc se remplissait d'eau et pliait dangereusement en son milieu et parfois même le moteur sortait de l'eau. Nous écopions sans arrêt de nos mains, nos yeux blêmes se croisaient, chacun cherchait une réponse dans le regard furtif de l'autre. Nous ne voulions pas céder à la panique mais nos genoux tremblaient et à chaque crête de vague nous estimions la distance qui nous séparait encore de l'île. Le ciel s'assombrissait de plus en plus et la mer ressemblait à un linceul. J'étais entouré d'un voile mortuaire vivant et attendais qu'il m'enveloppât à tout moment. Nous avions quelque peu dérivé et l'île de Moucha nous semblait plus proche que celle de Maskali, nous décidâmes qu'elle serait notre destination.

Nous n'étions plus qu'à une cinquantaine de mètres, je reprenais espoir, cette distance était dans mes cordes. Notre baignoire était maintenant malmenée par les vagues du large mais aussi par le retour de celles-ci sur les récifs. La mer était maintenant d'écume et nous ballottait dans tous les sens mais je n'avais plus le temps d'avoir peur, la peur ce sera pour plus tard, soudain notre embarcation s'éventra sur les rochers ; nous nous en sommes sortis avec des écorchures aux mains et aux genoux mais nous étions sauvés des eaux, comme l'on dit.

Maintenant que nous avons atteint notre but, que faisons-nous ? Nous réalisâmes une fois à terre que nous avions été un peu légers au niveau de la sécurité.

Les seules choses qui étaient enfermées dans un sac plastique donc à l'abri de l'eau furent des cigarettes et une boîte d'allumettes. Les biscuits de l'armée étaient trempés ainsi que nos tee-shirts.

Enfin ! Nous étions sur la plage ; vivants mais grelottants car la peur s'évacuait. Au fur et à mesure que la nuit s'annonçait c'est le froid relatif qui nous faisait trembler. Nous avions l'essentiel :» une gourde de 2 l d'eau et un couteau de plongée».

Quand on est en difficulté notre cerveau s'agite de tous côtés pour trouver une solution. Nous avions froid mais nous avions des allumettes.

Avant qu'il ne fasse tout à fait noir, nous nous mîmes en quête sur la plage de tout ce qui pouvait servir de combustible. Nous allumâmes un feu et celui-ci maintenant réchauffait agréablement nos cœurs, nos corps et séchait nos vêtements. Le sommeil commençait à nous gagner, le sable de la plage devenait froid et nous n'avions rien mangé depuis le matin.

Comment dormir au chaud avec un feu et du sable ? «Et si l'on mélangeait les deux lançais-je à mon ami». À l'aide de bâtons nous étalâmes les braises et les recouvrîmes de sable. Nous avions désormais un matelas dur et tiède, nous pouvions maintenant trouver le sommeil un bâton à la main pour chasser les rats qui envahissaient la surface de l'île le soir venu.

La nuit fut courte et au petit matin, l'estomac nous tiraillait. La nuit avait été fraîche mais dès que le soleil fit son apparition, la température monta d'une vingtaine de degrés et très vite le sable brûla nos pieds. Nous nous sommes dirigés vers les palétuviers pour chercher l'ombre ainsi que de la nourriture.

Nous nous sommes mis en quête de petites huîtres et de petits crabes pour le petit-déjeuner ; mais, marcher dans les palétuviers en enjambant leurs béquilles en claquette ne fut pas une mince affaire. Je pense que ce sont les meilleures huîtres qu'il m'a été donné de manger. On savait que l'on nous retrouverait, nous n'étions pas dans l'océan Pacifique, on commençait simplement à penser sérieusement à l'engueulade parentale.

Bref, dans l'après-midi un LSM garni de légionnaires beacha sur l'île. J'appris plus tard qu'ils venaient du Goubet et qu'ils s'étaient déroutés pour venir nous chercher. Comment avaient-ils su que nous étions là ou par-là ? C'est grâce à mon père et à son esprit de déduction que celui-ci déclencha un ordre de recherche par radio..

Ces braves légionnaires étaient contents comme des gamins de nous avoir retrouvés.

Sur le LCM, ils nous ont offerts à boire et nous sommes rentrés sur Djibouti ronds comme une queue de pelle.

Les jours heureux s'égrainaient entre l'insouciance de mon âge, les filles, le sport, la plongée et le lycée qui était devenu optionnel dans mes pensées.

Je m'ennuyais un peu pendant les vacances scolaires car beaucoup de copains partaient avec leurs parents aussi faisais-je ce que l'on appelle des petits boulots : « aide vétérinaire puis au centre météorologique du territoire pour lequel j'établissais les cartes météo au sol, comptable dans une entreprise de bâtiment... ». Bien que tous ces « petits métiers » épisodiques fussent instructifs et m'eurent permis d'acheter une 2 CV, ils ne m'apportaient pas l'aventure dont je rêvais quotidiennement.

J'étais assez noctambule le week-end et aimais parcourir les quartiers populaires de Djibouti notamment le quartier 2. À la sortie de l'unique boîte de nuit qui se trouvait dans un hôtel, je rejoignais ce quartier fait de bric et de broc. À la lumière de quelques lampadaires à la lumière blafarde je pouvais déguster une brochette de mouton accompagnée d'un Fanta orange ou citron puis je me glissais dans une cabane en bonne compagnie.

Parfois, j'avais la chance et le privilège d'être invité dans une de ces cabanes où habitaient des camarades Issas. Nous mangions le doro watt accompagné d'un thé puis en fin de soirée nous broutions du khat puis je m'en retournais chez moi les yeux exorbités et avec une légère tachycardie.

Lors de ces nuits je me rendais compte dans quelles vétustés vivaient mes camarades qui étaient en classe de première et faisaient leurs devoirs et apprenaient leurs leçons sur les genoux sous le lampadaire du quartier ; ils méritaient amplement de réussir.

Ces soirées djiboutiennes finissaient par me lasser, j'avais encore besoin de plus d'espace et d'aventures.

Mon père avait comme connaissance le commandant du GNA (Groupement Nomade Autonome), un soir il vint chez nous pour prendre l'apéro et j'écoutais cet ancien méhariste comptant le désert ; je fus subjugué par ses récits.

Après son départ, je dis à mon père : « Papa, c'est là que j'aimerais passer mes vacances scolaires, dans ces petits postes de brousse ».

Ce n'est pas pour rien que dans la famille on m'appelait « la vrille », j'avais été convaincant et aurais foutu la paix à mes parents pendant quelque temps.

Mon père reprit contact avec ce commandant, pour raisons personnelles, et sa requête fut acceptée : je pourrais aller de poste en poste et sentir de près le reg.

Je me remis à redoubler d'efforts au lycée pour faire plaisir à mon père et aussi pour mériter ce cadeau. Fini les superflus de la ville, mon cerveau était désormais envoûté par le désert.

Quelques semaines plus tard, accompagné de ma caméra super 8 de marque japonaise, baluchon à l'épaule je grimpais dans un Land Rover bâché qui acheminait du ravitaillement au poste de Dikhil ; c'étaient les vacances de Noël.

Je n'arrivais pas dans ce poste comme un cheveu sur la soupe mais presque ; j'étais trop jeune pour passer pour un journaliste, je pense que j'ai dû passer pour un fils à papa «recommandé» par le commandant du GNA.

Quelques heures plus tard le chef de poste révisa son a priori à mon égard, me posa son bras sur les épaules en me disant : «joyeux Noël parmi nous».

Pour ce Noël, des chefs de poste s'étaient réunis à Dikhil pour célébrer la fête de la nativité.

L'ambiance fut festive mais sans débordement, il faut dire qu'à cette époque Dikhil ne vivait pas en toute quiétude et les femmes de ces chefs de poste eurent pour étrennes chacune un pistolet.

Le lendemain, aux premières heures, les hommes installèrent à l'extérieur du poste des cibles improvisées pour que ces dames se familiarisent avec leurs cadeaux de Noël.

Les missions du GNA consistaient en des actions menées sur le terrain, au plus près des populations.

Le TFAI devait faire dans les 23,200 km^2 et les hommes du GNA avaient 560 km de frontières à couvrir. Frontières avec deux pays instables ; à l'ouest l'Éthiopie et au sud la Somalie (puisqu'à cette époque l'Érythrée au nord n'existait pas en tant que pays).

Les missions de routines étaient :

- de contrôler les populations nomades près des frontières.

- de participer aux missions administratives relevant des compétences de l'État français.

Les missions en cas de troubles (et il y en avait) étaient :

- de participer au maintien de l'ordre et le cas échéant, à la défense du territoire, voire la proclamation d'un état de siège.

À ces missions on peut ajouter celles moins explicites comme les renseignements ; aides et soins aux populations de brousse ; aides aux services de l'état ou territoriaux (météorologie, aviation civile, hygiène, lutte antiacridienne...) ; renseignements sur l'état des pistes et secours aux gens en difficulté en brousse.

J'appris ce même jour que je ne devais pas m'éloigner du poste car ces derniers temps dans Dikhil, il y avait eu des évènements qui se sont soldés par un mort ; il était là « le cheveu sur la soupe ». J'étais sous leurs responsabilités et ils tenaient à ce que mon séjour se passe sans accroc.

Je n'avais que quatre jours, je me suis donc contenté devant la gravité de l'ambiance de séjourner dans le poste et de me faire aussi petit que possible.

Les autres chefs de poste retournèrent dans leurs quartiers respectifs, leurs épouses sur Djibouti. Au moment des « au revoir », je me permis d'aborder l'un d'eux en lui demandant :

« De quelle région de France venez-vous ? »

« De Corse » me répondit-il. Je ne m'étais pas trompé ; pendant la soirée du 24 décembre, j'avais remarqué sa façon de se tenir, de parler, son allure générale ; j'avais reniflé un Corse.

Cette rencontre me rappela un adage raconté par ma tante : « partout où tu iras dans le monde, tu rencontreras un Basque, un Breton ou un Corse ».

Étant consigné dans ce poste, j'essayais d'en apprendre le plus possible sur la vie journalière d'un goumier ; cela concernait la propreté des lieux, les vacations radio, les tours de garde, la cuisine, les anecdotes et l'entretien des dromadaires et des armes.

J'ai donc appris lors de ce séjour à démonter et à remonter entièrement un MAS 36 et aussi à m'en servir ; fusil de 1936 remplaçant du fusil Lebel 1886/93.

De retour à Djibouti, j'avais des histoires à raconter et je revenais vers le confort de la vie occidentale. Mais ce train-train ne durait qu'une semaine ; le temps du lycée. Le week-end venu, je partais souvent faire un coup de brousse avec ma 2 CV.

J'avais fait renforcer son châssis, enlever la banquette arrière ce qui me lassait de la place pour mettre un jerrican d'eau et un autre d'essence ainsi que du matériel de bricolage pour les imprévus. Un quartier de chèvre, du riz, du café, des galettes de pain, du thé, un duvet, la 22 long rifle et mes jumelles. Ainsi équipé, je partais dans un rayon d'une trentaine de km de Djibouti (la seule route goudronnée à l'époque était celle qui menait à l'aéroport et à Arta).

Les plaisirs que je ressentais dans ces petites épopées se résumaient à : « Qu'est qu'il va m'arriver ? » « Que vais-je rencontrer ? ».

Mes cinq sens étaient aux aguets et je prenais du plaisir à bouffer du sable.

Lorsque je découvrais un endroit sympa dans un oued asséché, je cadenassais le volant de la deuche et partais en exploration avec ma caméra, ma 22 et mes jumelles.

Je m'aventurais dans les pierriers et les monticules rocheux et me mettais en planque.

En général, je ne patientais pas longtemps pour filmer des damans et des spermophiles dont deux espèces vivent en Afrique. Parfois je faisais une « mauvaise » rencontre.

Lorsque j'étais surpris par un cobra cracheur, je me faisais le plus grand possible et gardais une distance approximative de sécurité Je sortais de ma poche mon pendentif miroir et le passais autour du cou. Ce cobra, non seulement il mord, mais il crache sur ce qui brille et en l'occurrence, les yeux.

Ce jet très précis peut aller jusqu'à 3 mètres et provoque s'il vous atteint une cécité de quelques jours si l'on ne se lave pas tout de suite les yeux ; ou une cécité définitive.

Le blanc des yeux devient jaunâtre, symptôme que l'on observe souvent chez les bédouins Afars et Issas et étant seul, c'était le genre de rencontre que je craignais.

Un autre contact que j'appréciais moyennement était celle d'un groupe de babouins cynocéphale (tête de chien), aussi je n'emportais aucune nourriture dans mes poches d'autant plus que j'avais été conditionné par deux souvenirs les concernant.

Le premier faisait état d'une gentille petite famille européenne ; un couple et deux adolescents, dont une fille partant faire une virée en bateau, pique-nique compris au fond du golf du Goubet du côté de l'île du diable. Le père et le fils de 14 ans étaient férus de pêche sous-marine et repoussaient toujours plus loin les limites de l'aventure.

L'aventure ou tout se termine bien, agrémentée de belles photos de paysages et de beaux héros de service.

Mais ils avaient oublié un détail avant de partir, celui d'écouter parler les gens du pays de cette île maléfique.

Elle se trouve tout là-bas pas loin de Tadjoura ; au fond de ce golf où même n'irait pas un pécheur djiboutien. Cet endroit était surnommé :»le gouffre des démons». Une grande montagne couronnée de feu fréquentée par des démons qui tireraient vers les profondeurs tous les audacieux osant s'aventurer sur ces eaux.

Le cadre étant posé, place au drame. Arrivés sur les lieux les hommes érigèrent un campement sommaire c'est-à-dire ; faire de l'ombre pour eux et pour l'eau. Une fois ce camping succinct installé pour ces dames, le père et le fils vérifièrent leur matériel de plongée et promirent de rapporter poissons et langoustes pour le repas.

Le Zodiac s'éloignait de la rive et disparu du regard au contournement d'une crique.

Ces dames étaient maintenant seules avec les roches, le vent, le soleil et le silence.

Pour passer le temps, tout en bavardant, elles ouvrirent la glacière et en sortirent quelques sandwichs et commencèrent à grignoter.

L'odeur de nourriture attira des babouins venus de nulle part. À la vue des deux premiers quadrupèdes plantigrades, La mère et la fille se sont sans doute crues au zoo car tout en mangeant leurs sandwichs, prirent quelques photos et leur jetèrent quelques morceaux de pain.

Puis ils en vinrent cinq, puis quinze et peut-être plus. Les singes s'approchaient se déplaçant en une spirale concentrique vers elles.

La distance de sécurité ne fut plus respectée, certains étaient déjà autour de la glacière, cherchant à l'ouvrir. La curiosité laissa la place à la panique. Elles commencèrent à leur jeter des pierres pour les éloigner et défendre leur campement ; leur propriété.

Elles ont eu le même comportement que nous avons lorsque nous arrivons sur une plage bondée ; on commence par planter le parasol et mettons autour, à partir de ce « drapeau » des objets divers limitant notre territoire.

Mais des singes affamés n'ont pas la moindre envie de compromis. Ils commencèrent à lancer des pierres mais elles ne voulaient pas abandonner leur glacière et tout en criant et appelant désespérément leurs hommes ripostèrent de plus belle. Deux jets de pierre contre quinze ou plus. Elles auraient dû se réfugier dans l'eau, les singes sont de très mauvais nageurs.

Puis une pierre toucha la tête de l'adolescente qui s'évanouit ; la mère ne jeta plus de pierre elle s'allongea auprès de sa fille inconsciente lui passant les mains sur le visage pour essuyer son sang.

Le cercle des singes se refermait et les jets de pierres s'accentuaient et devinrent plus précis ; la mère s'effondra sur sa fille. C'était fini.

Les singes eurent leur banquet et partirent se fondre dans le paysage. De retour, le père et le fils découvrirent cette scène macabre. Effondrés, ils restèrent longtemps à pleurer. Tremblant de tous leurs membres, ils déposèrent les deux corps au fond du zodiac et les recouvrirent avec la bâche de leur campement et ramenèrent au port les dépouilles de leurs aimées.

Ce deuxième souvenir vécu celui-là, se déroula au fortin Assamo ; fortin important pour les autorités françaises de l'époque car situé au point de tri-jonctions des frontières ; à savoir, le TFAI, la Somalie et l'Éthiopie.

Il avait été construit suivant le même concept que celui que l'on peut voir dans le film « Fort Sagane » d'Alain Corneau. Ses façades blanches se voyaient à des kilomètres et au fur et à mesure que l'on s'approchait du fortin, ces créneaux se dessinaient sous fond de ciel bleu.

Là vivait un chef de poste, celui-ci était sergent-chef et commandait six à sept goumiers ; de vrais hommes du désert.

À l'extérieur du poste se trouvait l'endroit vital de cet environnement ; un puits. Un groupe électrogène pompait l'eau qui approvisionnait une mare pour désaltérer les babours du poste (dromadaires). Cette eau miraculeuse avait permis au chef de poste d'élaborer un petit potager dans lequel poussaient des légumes, sans doute les plus appréciés au monde.

À une centaine de mètres du fort, il y avait souvent quelques campements temporaires de Bédouins venus soit pour se faire soigner soit pour régler certaines affaires administratives.

Le chef de poste était à lui seul une préfecture de brousse.

L'entretien du poste et des dromadaires, les repas, les tours de garde sur le chemin de ronde et les vacations radio étaient les principales occupations journalières.

Deux à trois fois par mois, nous partions en « nomado » pour trois ou quatre jours contrôler les frontières. Cet exercice permettait également aux hommes de se maintenir en forme et de casser la monotonie de la vie au poste. Ce parcours se faisait surtout en crête, avant le lever du soleil. Lorsque dans les vallées était repéré un feu, un groupe d'hommes, une caravane ; les goumiers les interceptaient et inspectaient le chargement des dromadaires. Ils recherchaient les trafiquants d'armes, de Khat et de sel.

Cette saison était particulièrement sèche, les marches de jour étaient pénibles, nous faisions des pauses toutes les deux trois heures suivant la topographie du terrain et buvions du thé. Ce breuvage dessoiffait et redonnait force et vigueur aux jambes.

De retour de l'une de ces expéditions ; nous n'étions plus qu'à trois heures du poste, nous avons reçu un message radio du chef goumier resté au poste avec deux autres soldats :

« Chef, chef, les singes sont dans le potager et attaquent le poste. »

« Peux-tu me répéter ton message ; à vous ».

« Chef, je te jure, il y a une centaine de singes et certains ont réussi à rentrer dans le poste, on leur tire dessus ».

Cette nouvelle quelque peu surprenante et confirmée par les coups de feu qu'entendait le sergent-chef à la radio nous laissa pantois. Nous forçâmes l'allure tout en pensant à ce que nous allions découvrir. Arrivé sur place, le spectacle fut surprenant ; il y avait des singes de partout, l'odeur des réserves de nourriture du poste avait attiré des dizaines de cynocéphales et ceux-ci étaient passés à l'action.

Nous attachâmes les dromadaires à un acacia, on me prêta même un fusil. Beaucoup de singes étaient autour de la mare ce qui permit des tirs groupés, le potager était retourné au désert ; il y eut une fusillade continue de l'extérieur et de l'intérieur du poste pendant une demi-heure. Puis les survivants de ce massacre s'évanouirent dans le reg.

À l'intérieur du poste tout était en dessus dessous les sacs de douras étaient éventrés, à l'extérieur la mare était contaminée par les déjections des singes.

Le calme revenu, nous étions tous abasourdis par ce qui venait de se passer. Une demi-heure plus tard le commandement du GNA fut informé et en resta bouche bée. Le jour même, celui-ci en personne se rendit sur les lieux, plus tard rédigea un rapport au commandement militaire. Ce rapport peu commun resta dans les annales du GNA.

La vie à Djibouti reprenait son cours ; la fin de notre séjour approchait. Pour moi les jours se faisaient de plus en plus courts et je profitais de toutes les couleurs et les odeurs de ce merveilleux pays. Je me remplissais la boîte à souvenirs.

Moi qui aime bien les aéroports, celui de Djibouti me laissa un goût amer, celui du départ.

Mais ma grande satisfaction était que la nouvelle affectation de mon père était la base aérienne 126 Ventiseri-Solenzara » Capitaine Prezisi.

À tous mes petits compagnons d'aventures.

Pascal Faivre-Rossi (PFR)

Édition :

BoD – Books on Demand,
12/14 rond-point des Champs-Élysées, 75008 Paris

Impression :

BoD - Books on Demand, Norderstedt, Allemagne

N° ISBN : 9782322376223

Dépôt légal : avril 2022

www.bod.fr

Réalisation et mise en page : Pierre Léoutre

Avec le soutien de l'association Le 122

© 2022, Pascal Faivre-Rossi